張之洞

九

唐浩明 著

岳麓書社

第十八章　互保東南

一　面對廢立大事，三個總督三種態度

慈禧再度訓政的第二天，光緒便從養心殿搬出，住進紫禁城西邊南海中一個名曰瀛臺的孤島上，對外稱之爲養病，其實已被軟禁，身邊衹有幾個太監和宫女服侍。他的正妻那拉氏皇后原本就和他不投緣，現在則乾脆投入她的姑媽懷抱，與丈夫斷絕了聯繫。與皇后同日册封的瑾妃平素嫉妒妹妹珍妃的獨寵，此時更有幸災樂禍的快感。她明白表示站在皇后一邊。至於珍妃，本就招慈禧的嫌惡，正好以干預朝政的罪名將她打入冷宫。其他幾個地位低的妃子更是不敢上瀛臺。於是，光緒身邊便没有一個妃嬪了。

他一天到晚孤孑一身，形影相弔，連個説話的人都没有。可憐的皇帝，心緒痛苦到了極點。先前衹相信康有爲所説的『若不變法，求爲長安一布衣亦不能』，却没有想到，變法後的遭遇，也同樣是『求爲長安一布衣而不能』。光緒的性格本脆弱，體質又單薄，遭此打擊後，果然大病了一場。從此他便木木訥訥的，形跡近於呆滯。每月朔望之日，他照例被太監引導，乘坐一葉小舟渡過水面，進宫向太后請安，背誦兩句固定的臺詞後便不再開口，一旁垂手侍立。慈禧也覺得難堪，便吩咐跪安，讓太監重新將他帶回瀛臺。有時慈禧會見重要的外國客人，爲避免洋人猜疑，也把光緒帶在身邊。光緒同樣如一尊木偶似的，不説話，甚至笑都不笑一下。

於是，有機會見到皇上的大臣們都私下議論起來：皇上莫非真的神志上出了毛病，否則怎麽這樣目光呆癡，面無表情，精神萎靡，言辭木訥？皇上畢竟是皇上，太后畢竟年事已高，反省之後的皇上仍得要回宫處理軍國大事，大清國今後還得由皇上來掌管。皇上病得這樣，如何能擔當起君王的重任呢？在皇族裏，則有人在偷偷議論着更大的事情：皇上這個樣子，得趕緊另打主意。前代可援引的舊例不外乎兩種：一是廢，一是讓。無論是廢是讓，都得有個取代者。誰做這個取代者合適呢？有幾個王府在遍視近支黄帶子之後，對這個天大的好處有可能降落在自己府内抱着希望，於是便對大位懷着覬覦之心，躍躍欲試地在各權貴府第中穿來走去，打聽聯絡，尋求機會，以求一逞。這其中有一家自認爲可能性最大，遂最踴躍，最熱中，這一家便是位於西城平安里的端郡王府。府主名載漪。

説起載漪的身世來，可非比一般。他是道光帝的第五子惇王奕誴的次子，奕誴是咸豐帝的弟弟，恭王、醇王的哥哥，當今皇上的親伯父。載漪則是皇上的嫡堂兄弟。載漪的長兄載濂在父親去世後承襲王位。按祖制，載漪不可能再封王。載漪的封王是因爲過繼給瑞王府的原因。

嘉慶帝的第四子綿忻封瑞親王，綿忻去世後其子奕志承襲王爵，奕志無子，爲使國不除，咸豐帝讓侄兒載漪出爲奕志的嗣子，承襲王爵。内閣述旨時，因筆誤將瑞寫成端，聖旨不可改，遂將錯就錯，瑞王便變成了端王，載漪就這樣成了端郡王。載漪的長子溥儁年方十六歲。從血統來説，若爲光緒嗣子，他不如出身醇王府的光緒諸侄，若爲同治嗣子，那他就是最爲親近的侄輩了。這是從父輩一脈來看，若從母系一脈看，溥儁則有着别人不能攀比的優勢，這是因爲他的母親乃慈禧的内侄女。

慈禧的弟弟桂祥有三個女兒，長女乃光緒之后，次女即溥儁之母，三女則爲輔國公載澤的福晉。當年光緒即位，除開爲咸豐的親侄外，更仗着母親是慈禧的親妹的緣故。滿朝文武都知道老佛爺的私

心，若要立嗣，最佳人選必爲溥雋。因爲醇王府現今的溥字輩，並非老佛爺之妹的血脈，乃是老醇王的側福晉劉佳氏的後代。

載漪自然深知端王府目前所處的形勢，故對慈禧百般逢迎，務必要討得這位大清神器授予者的歡心。

對於四歲進宮的光緒，慈禧經歷了一個從期望到失望的過程。當她得知光緒竟然聽從康有爲的姦謀，居然有圍攻頤和園的想法時，這個一生強悍，衹能制人不能制於人的女人終於狂怒了，失望升格爲仇恨。她決定要將親手立的皇帝，再親手廢掉。心存這個念頭後，她遍視近支各王府，目光最後也停留在溥雋的身上。她叫載漪把溥雋帶進宮來瞧瞧，又特爲邀請蒙古老狀元、同治皇后的父親、她的親家翁崇綺一旁觀察。

經過三天的強化訓練，溥雋在父親的帶領下，走進養心殿東暖閣。慈禧見他健康清秀，跪拜如儀，應答也還流暢得體，心中頗爲滿意，隨口問道：『平時在家除讀聖賢書外，還做些什麼？』

溥雋答：『奴才除讀書外，還喜弓馬騎射。』

這話讓慈禧中意，說：『騎射乃咱們滿人的本色，萬不可丟掉。』

又問：『喜歡讀什麼書？』

溥雋答：『史書及祖宗典冊。』

慈禧點點頭：『也做詩嗎？』

溥雋答：『間或也做些詩。』

慈禧問：『近日做了什麼詩，唸一首給我聽聽。』

溥雋答：『奴才昨日作了一首《秋雁》，請老佛爺賜教。』

停了一下，溥雋唸道：『西風乍起時，群雁飛江南。聊將天作紙，揮灑一二三行。』

慈禧笑着說：『詩做得不錯，賞你一套文宗爺用過的筆墨，下去吧！』

載漪帶着兒子，高高興興地出了養心殿。

載漪父子剛出宮，崇綺便對慈禧說：『老佛爺，恭喜恭喜，端王府有這樣聰明的小主子，老佛爺您有這樣穎秀的內侄孫，這真是大清之福。溥雋知書達理，尤其詩做得好。聊將天作紙，揮灑一二三行。這詩真有王者氣概。老佛爺，您若將溥雋賜給老朽做門生，老朽這一世就算沒白活了。』

慈禧聽了這話，很歡喜，說：『好哇，就叫溥雋拜你爲師吧！』

崇綺樂得白胡子翹了起來：『老朽謝老佛爺了。』

見過溥雋這一面後，慈禧已在心裏定下了這樁大事。

溥雋進宮面試並得到老佛爺的讚許之事，很快便傳遍朝廷上下，端王府立即車水馬龍，熱鬧如市。在許多人的心裏，端王府就要成潛邸了，其中榮祿、剛毅、啓秀、裕祿、徐桐等人更爲積極。

榮祿、剛毅在這次變局中，堅定地站在太后一邊反對皇上，啓秀、裕祿是新政期間進的軍機，他們本是皇上提拔的，却反了水投靠太后。他們都害怕一旦山陵崩皇上重新掌權後會報復，遂一致主張廢除皇上，另立新主。徐桐一向反對西學，他不滿光緒，主要在信仰上而不是利害關係上。榮、剛、啓、裕執掌軍機大權，是眼下大清國的實力派人物。徐桐身爲大學士，又曾做過同治帝師，年高德劭，在朝廷中有極高的聲望。他們與慈禧結成聯盟，廢光緒立溥雋，看來已是勢在必行的事了。但這時却有兩位王爺主張持穩重的態度，一是軍機處領班禮王世鐸，另一個是總署大臣慶王奕劻。

世鐸做了十四年名不副實的軍機處大臣，奕劻則是近幾年來走紅的王室重要人物。

世鐸和奕劻與光緒無怨隙，他們站在較爲超脫的立場上，認爲廢除皇上一事太重大，且光緒因行新政而廢，亦頗冤枉。二人意見一致，遂共同奏請慈禧，但他們不便直說，而是採取紆回的方式。

世鐸奏：『近日王公中密傳，謂皇上病重，不能理政，老佛爺有另立之意。奴才和慶王以爲此事可否聽取京外督撫意見，請老佛爺聖裁。』

慈禧看了看奕劻：『你也是這個看法？』

奕劻叩頭說：『奴才的看法與禮王爺一樣。』

慈禧沈默不語，過了一會兒，問世鐸：『依你看，此事如何與地方督撫商議？』

世鐸說：『此事太重大，又屬絶等機密，不可擴散，衹宜與極少數人商議。奴才與慶王私下認爲，當今天下衹有三個總督可議此事。一爲大學士、前直督李鴻章，二爲兩江總督劉坤一。二人爲湘淮兩軍碩果僅存者，且久爲總督，老成穩重，此二人非得事先徵詢不可。第三位便是湖廣總督張之洞。此人非湘非淮、非臺非閣而受天下督撫推重，眼界開闊，謀國忠貞。此人亦宜與之商議。三人之外的督撫，似不宜讓他們知道。』

慈禧又沈默多時後纔說：『好吧，就按你們說的，軍機處辦個絶密信函，分寄李、劉、張三人，叫他們直抒己見，儘快答覆。』

第二天，三封絶密信函由軍機處發出。一封直送賢良寺李鴻章寓所，另兩封以四百里加急分發江寧和武昌。

李鴻章從歐美五國回來後，滿以爲可再獲重用，却不料依舊衹是一個文華殿大學士。自雍正建軍

第十八章　互保東南

機處後，內閣的權力便大爲降低，到咸同之後，內閣大學士完全成了一個虛銜：位雖高，秩雖隆，而實權幾乎一無所有。『大學士』往往成爲對立有大功之人的榮譽褒獎。李鴻章很少去內閣辦事，當然也無事可辦。他一直住賢良寺，讀書散步，門前冷冷清清。他是一個十分看重權勢和事功的人，處於這種境遇，自然心境抑鬱。對於前一段的新政，李鴻章的態度比較複雜。

應該說，李鴻章是最早認識中國已落後世界很遠，必須向別人學習的先知先覺者之一。他的這個認識是在戰爭中得來的，是在與洋人打交道的過程中感受到的。正因爲此，早在同治初年，他便辦起了金陵製造局、江南製造局等一批洋務軍工廠，是曾國藩『徐圖自强』國策的重要制訂人和繼承者。早在同治九年，在處理天津教案中，他便和曾國藩會銜上書，提出派幼童出國留學的建議。後來在長達二十多年的直督兼北洋大臣的歲月中，他更是傾盡全力辦北洋水師，辦軍火工業。光緒的百日維新變法，不過是以朝廷的名義將他三十年來所做的事業推行於全國罷了。作爲第一代的試辦新政者，李鴻章怎能不擁護不支持？

但是，對剛剛夭折的新政的實際謀劃人康有爲及其一班子人員，李鴻章却與他們有着很大的隔閡，造成隔閡的原因，不在學理上和策略上，而在感情上。

甲午海戰失敗，李鴻章被康有爲及康的同志們罵爲漢奸、賣國賊，已够傷他的心了。後來强學會成立，他打發家人持兩千兩銀子要求入會，而遭到嚴拒。這對他來說，更是臉面掃盡。於是李鴻章不再與康黨發生任何聯繫。對康黨這次的慘敗，李鴻章多多少少有點幸災樂禍。不過，作爲一個淮軍統帥出身的國家重臣，他的胸懷尚不至於褊狹到不能容罵他的人。在心靈深處，他還是欣賞康有爲、梁啓超的。百日新政期間，李鴻章一直安居在賢良寺裏，靜觀時局變化，可與否，他都不置一言。

這天，他接到由軍機處送來的火漆密封的信函，心裏想：兩三年了，還沒有收到一封如此函件，老夫早已是一個閒雲野鶴了，還有什麼重大的國事要問我？待到拆開看時，李鴻章怔了半晌。廢立皇上，這是何等重大的事！做過多年翰林的李鴻章熟稔史冊，知道歷史上凡有廢立的時候，均是局勢動亂的時候，廢也好，立也好，往往都沒有達到期望的目標，反而加重動蕩。典型的例子如東漢末期，廢立之事經常發生，導致的結果是權臣執政，朝廷威望下降，政局進一步惡化。大清立國二百多年來，除康熙朝外，從未有過廢立之事。當初康熙爺對於太子的廢立慎而又慎，即便太子作惡多端也還是想方設法儘量不廢。最後，實在到了不可救藥的程度，纔下狠心廢黜，從而實行傳之後世的藏名於金匣的建儲制。然而，就是這樣的慎重，也引發了諸子爭位、骨肉相鬥的朝局。歷史的經驗值得借鑒，廢立之事，不是萬不得已，決不可輕率行之。

李鴻章對歷史感嘆一番後，又回到眼前來。他並不認爲光緒是一個非廢不可的昏暴之君，即使如密函所說的『身患重病』，也不能成爲理由。皇上今年纔二十八歲，正當英年，病得再重也是可以治癒的，不必因此而廢黜。再說，皇上並無兒子，若是廢了，又由誰來繼位，豈不又要引起一場近支王府之間的爭鬥？但李鴻章知道太后很恨皇上，以他如今伴食之身來規諫此事，力量不够，而真正有力量的，是太后所懼怕的洋人：如果洋人反對，那太后就不敢了。但自己如今的地位也不宜到各國公使館去探聽此事呀！

苦苦思索良久後，富有權謀的李鴻章突然有了極好的主意！

李鴻章悄悄來到定阜大街慶王府。老於世故的奕劻在王府客廳契蘭齋，熱情地接待了這位已無往日威風的落魄大學士。

第十八章 互保東南

坐定，寒暄之後，李鴻章說：『廢立大事，老朽不敢與聞，承蒙王爺和軍機處看得起，告知這等機密大事。老朽認爲，處眼下局勢，這等大事，一是太后聖心裁奪，二是要探一探各國的態度。』

奕劻是一個極爲看重洋人的王爺，忙點頭說：『中堂說的是。西洋各列強都與我們大清建有外交往來，他們自然會很重視這件事，探聽一下他們的態度很重要。中堂與外人打了幾十年的交道，又剛從歐美回來不久，與各國公使館交往頗深，可否就請中堂到公使館去探聽探聽？』

『唉！』李鴻章長嘆一聲後說，『洋人都是勢利的人，我如今無權無勢，不過一閒人而已，怎麼能去公使館探聽這等重大的事？即便去，他們也不會對我講真話。』

奕劻說：『中堂說的也有道理，還有什麼別的辦法可以探知公使館的態度嗎？』

李鴻章想了想說：『辦法也不是沒有，老朽有一個主意，也不知可行不可行？』

奕劻忙說：『中堂有什麼好主意，儘管說。』

李鴻章說：『我離開直督已經有三年了，各國公使都以爲我現在是一個拿薪俸養老的人，不過問朝政，他們自然也就不會和我談朝政。如果太后能讓我暫時到哪個省代理一下總督的話，各國公使知道朝廷又要用我了，必定會來祝賀，那時我就會順便跟他們談起這件事，探一探他們的口氣。』

奕劻是個精於權術的老政客，李鴻章這番話背後的真正目的，他一聽就明白了：無非是不安於賦閒，欲藉此機會向朝廷要個總督的實職。他在心裏冷笑了一聲後，轉個念頭又想：李鴻章的這個主意也是可行的，若不找個由頭，又如何能與公使館接觸？太后對兩廣總督譚鍾麟不太滿意，不如建議他去廣州取代譚鍾麟，兩廣洋務多，李比譚更合適。

想到這裏，奕劻笑道：『中堂這個主意很好，我明天和禮王爺商議後，就奏請太后。』

世鐸也認爲此法可行，一同面見慈禧，請放李鴻章兩廣總督，替代不善於與洋人打交道的譚鍾麟。慈禧答應了。

果然，各國公使館聽説李鴻章外放兩廣總督，紛紛前來祝賀。英國公使心直口快，不等李鴻章轉彎抹角探聽，先自問了起來：『聽説貴國要廢掉大皇帝，有這事嗎？』

李鴻章就勢説：『廢立的事，我没有聽説過。不過，即使真有這事，也是中國的内政，貴國是不能干預的。』

英國公使氣傲地説：『這當然是貴國的内政，我們大英帝國是不會干涉的。祇是，我們祇認得「光緒」二字，若是換别的人做大皇帝，我們承認不承認，還得請示敝國政府。』

顯然，英國公使不贊成廢除光緒。其他一些主要國家的公使除俄國外，李鴻章通過旁敲側擊，也探出了他們的心思：反對廢除光緒。李鴻章把他的探聽告訴奕劻，奕劻又稟報給慈禧。慈禧得知後，心裏甚爲不高興：這些洋鬼子真是可惱，中國换皇帝與你們何干！

這時，江寧發給軍機處的密電也到了慈禧的手中。七十二歲的前湘軍首領兩江總督劉坤一，是個不拘細末却大事明白的人，他不認爲光緒行新政有什麽錯，不能因此而遭廢黜。想到自己年過古稀，近年來又疾病纏身，有生之年也不多了，在這樁大事上，不妨説句真話，大不了開缺我的江督。我已做了三十多年的督撫，也做煩了，開缺後正好回籍養病，安度天年。劉坤一這樣想過後，給軍機處發了一封密電，電文簡潔，關鍵話祇有兩句：君臣之分已定，中外之口宜防。慈禧看到這兩句話後，心裏不悦，難道已定的就不能變動了？君在我的手裏，我立誰，誰就是君。新立的君與臣之間，不也是君臣之名分嗎？心裏雖這樣想，但到底外國公使和兩個元戎重臣都明確表示不同意廢立，慈禧不能不

慎重對待。她現在期待着來自武昌的回覆。

武昌的湖督衙門裏，張之洞接到軍機處的密函後，已經反反覆覆地思考三四天了。擺在他面前的真是個大難題。張之洞的内心裏毫無疑問是支持新政、擁護光緒的，是不主張廢除這個『身患重病』的年輕皇帝的。皇上有不足之處。在張之洞看來，這不足之處主要在兩個方面：一是太過於相信和依靠康有爲，二是太急於求成。康有爲學理怪誕，使人不能對他完全放心，且地位卑微，又不足以服衆，用他作新政的主要贊襄者，是皇上的一大失誤。舊法實行二百多年了，有的則從前明繼承，爲時更久，怎麽可能在短期内便全部除舊佈新？百日維新期間大大小小的變革達三百餘項，有時一天之内下達十餘個變法諭旨，使人目不暇給，叫各省各府縣如何辦理？紙上的東西不落到實處，是一點用處都没有的。皇上太輕率，太躁進，太缺乏實際辦事能力了，有的甚至近於兒戲。『欲速則不達』這條古訓，百日維新的失敗給了它又一個最好的證明。但即便這樣，他也不同意廢除皇上。因爲皇上所要辦的這件大事，歸根結底是爲了强國富民，是符合世界潮流的，與張之洞本人的心是相通的。然而，張之洞又不便明確表示這個態度。他有兩個大的顧慮：一是在百日維新中，他本人儘管没有應詔入京襄助，但他的學生楊鋭，他的山西時期的幕友楊深秀都卷入得很深，此外，康有爲、梁啓超、譚嗣同都和他有説不清的牽連，在知曉内情的人看來，湖廣總督實際上已卷入了這場變局。鑒於此，張之洞想儘可能地把自己與百日維新劃得清楚些，隔得開些。此時，若再站在皇上一邊上，他怕别人指責他爲康黨，爲維新派第二。張之洞知道太后很想廢掉皇上，若明確表態不同意廢的話，無異於直接反對太后。張之洞怕得罪這位厲害的老佛爺。

他將此事與梁鼎芬、徐建寅、辜鴻銘、陳念礽等人商議。梁鼎芬主張跟隨重新訓政的太后，辜鴻

銘主張支持失敗的皇上，徐建寅、陳念礽則依違兩可，張之洞仍拿不定主意，這時，大根進來對他說：『四叔，吳郎中遠遊歸來，想看看您，您有空嗎？』

自從那年送武當山焦桐到武昌以後，吳秋衣與張之洞便沒再見面。眼下遇到這等大事，張之洞本沒有心思與一個江湖朋友閒聊天，但轉念一想，江湖人乃權利場的旁觀者，俗話說旁觀者清，何況他多年來漫遊四海，見多識廣，更可以清醒地看待這樣的政壇大事。衹是這事決不能傳揚出去，否則，總督向遊方郎中諮詢朝廷廢立，將會被世人當成笑料看待。

『吳郎中現在哪裏？』

『他已在督署門房外。』

『你問過他嗎，他住在哪裏，是不是還在歸元寺掛單？』

『是的，他說他還是借住在歸元寺。』

張之洞想了想說：『你去告訴他，說我這時正有急件要辦，請他晚上再來，我有重要事和他商議。』

晚上，吳秋衣如約來到督署，張之洞高興地在小書房裏接待這位不一般的郎中。吳秋衣將他上下打量了一番後，感嘆地說：『香濤老弟，你這些年老多了。案牘勞形，此話不假！』

張之洞看老友雖黧黑瘦削，却神完氣足，也感慨地說：『你跟上次見面時差不了多少。風雨滋露松柏人，此話也不假！』

說罷，二人都快樂地笑起來。

張之洞問：『秋衣兄，這些年你都去過哪些地方？』

吳秋衣爽朗地答道：『這些年主要在北方停留。在泰山附近滯留了兩三年，後又去了嵩山、華山和五臺山，不知不覺間，人世就過了十年光陰。這次再返歸元寺，原住持虛舟法師居然圓寂三四年了，現在的住持，當年不過一齋頭而已。歲月過得真快！』

『是呀，是呀！』張之洞連連點頭，『歲月過得真快，就連當年接待你的門房都變老頭子了。』

『香濤老弟，那年從武當山帶來的桐木料你做了幾張琴？』

張之洞答：『九截桐木料，我已做了五張琴，還留下四截，預備着給將來的兒媳和出嫁的女兒做。』

吳秋衣問：『做出的五張琴，音色還中聽？』

『好，每一張都好。』張之洞說，『尤其以那截最長的格外好，我將它做了一張大琴，取名天下和平，留在府裏，珮玉常常彈彈，那音色真有繞樑三日不絕的妙處。』

吳秋衣的臉上露出了欣慰的喜色。

『秋衣，我之所以約你今晚來此，是有一件重要的事情要聽聽你的意見。』張之洞面色凝重地將談話轉到主題上。

吳秋衣頗覺意外地問：『你的重要事情都是國事，而我是一個不問國事的人，我能給你提供有價值的意見嗎？』

『不錯，是國事。而且我也知道你不問國事，我要的正是不問國事人的意見。』

吳秋衣斂容說：『那你就說吧，我盡我的所知所識回答你。』

張之洞神色肅穆地說：『這是一件絕密的國家大事。你必須答應我，衹在這裏說，出了書房外，

不向任何人提起。』

『什麼國家大事，這樣絕密？』吳秋衣下意識地整了整頭上的布帽子說，『我答應你，守口如瓶，絕不向任何人說起。』

『你先看看這個。』

張之洞將軍機處的密函，遞給了吳秋衣。吳秋衣接過一看，心裏大喫一驚，但臉上却不露聲色，平靜地說：『我知道了，你是決定不下，想要聽聽我這個不僅是局外人，而且是江湖人的看法，替你做個參考。』

張之洞點了點頭。

吳秋衣說：『如此大事，你能拿出來和我商議，足見你對我的相信，今晚我們在這裏所談的一切，我自然不會泄露半點出去。江湖人無求無忮，對這等事，或許比你們局中人還要清醒些。不過，我倒要問你一句話，你也要以實相告。』

張之洞坦然說：『有什麼你就問吧，對你，我沒有不說實話的理由。』

吳秋衣盯着張之洞的眼睛問：『對當今的皇上，你認爲是廢好，還是不廢好？』

張之洞說：『皇上雖有許多缺陷，但他願行新政，有勵精圖治的抱負，這就是好皇帝。若有聖祖爺、高宗爺那樣的明君英主，也不是不能廢除皇上而改立賢者，但遍視當今，有資格繼承大統的人，却沒有一個像樣的。故我的態度很明確，還是不廢皇上的好。』

吳秋衣說：『我明白了，這就是你的難處：太后要廢，你不同意廢，既不想得罪太后，又不願意違背自心，兩難！』

張之洞說：『正是這樣。你有什麼良法可以幫我擺脫這個兩難？』

吳秋衣思考良久，說：『香濤兄，你說說，自古以來，立君立主，是家事還是國事？』

張之洞想了一下說：『按理說，立君立主是國事，但它從來又是當作家事對待的。』

吳秋衣說：『是這麼回事。楊修被殺，是因爲他插手曹家的立嗣事，曹操恨他。劉琦兄弟相爭，請求諸葛亮救他。諸葛亮說，立誰爲荊州之主，這是你的家事，外人不得多嘴。依我看，帝王家從來衹把立嗣當作家事，當作國事來看的，極少極少。即便有說是國事的，也多半另有目的，是說給別人聽的。』

張之洞用心聽這位老江湖的分析。

『我想再問問你，太后是個怎樣的女人？』

張之洞略爲思忖後說：『太后剛强明斷，看重權力，與一般女人大不相同。』

吳秋衣說：『依我看太后好比漢之呂后，唐之武則天，是一個喜歡自己攬權弄權的人。她口口聲聲將自己比之爲開國之初的孝莊皇后，其實完全不是。孝莊若像她這樣，大清哪會有聖祖爺出現？』

張之洞在心裏想，郎中的話雖然尖刻了一點，却是實話。據說百日新政期間，皇上十二次赴頤和園稟報，二品以上的文武大員還得由太后親自決定，離京前還得去園子裏向她叩頭謝恩。這哪裏是還政頤養，分明仍在控制着朝廷！再有魄力的皇帝，在這樣的控扼之下，也難有所作爲。

吳秋衣繼續說：『你想想，這樣的太后，她能把一個外臣的話當一回事嗎？無非是利用利用而已。你的話投合她的心思，她就把你的話拿出來作擋箭牌；你的話不合她的心思，她或置之不理，或從此以後整個兒不喜歡你這個人。』

張之洞似乎被這幾句話開了點竅，心裏一時明亮了許多。

『所以，依我這個不懂權術的郎中看來，你不妨這樣回覆軍機處：廢立乃天子家事，當由太后聖心明斷，外臣不宜亦不應置喙。』

張之洞望着吳秋衣，默唸着他說的這三句話。

吳秋衣說：『你可能以爲這幾句話好像與没説無多大區別，其實大不相同。第一，你嚴守君臣之分，不插手太后的家事；第二，你同意太后自己作出的決定，今後是廢還是不廢，你都是贊同的。』

張之洞突然完全明白了如此回覆的妙處，滿臉笑容地說：『你這幾句話真是太好了，幫了我的大忙。』

吳秋衣說：『這種回覆，你其實也想得到，用不着我來說，我祇是解去了你心中的疙瘩。你原先或許以爲這樣做是要滑頭，其實這纔是最恰當的處理方式。本來，既是天子家事，外人便不宜說長道短。你說當今的太后是一個聽不進別人意見的人，你又何必去多嘴？』

張之洞起身說：『你這話說得好極了。我就用你的話作爲覆電。我這幾日事多，今夜就說到這裏，過些日子，我再到歸元寺看你，聽你談談雲遊北部河山的心得。』

這天半夜，湖廣總督的密電，從武昌傳到了北京。

三個總督的答覆，兩個反對一個不表態。不表態就是不同意，慈禧心裏當然明白。這時又有駐外使臣向她報告，英、法等國的報紙上刊登了關於中國欲廢除皇帝的報導。正如吳秋衣所說的，慈禧其實並不大看重她手下總督的意見，她最爲關注的是洋人的動態，於是她終於打消了廢除光緒的想法。

但慈禧的改變，使得載漪及榮祿、剛毅、啓秀、徐桐等攀龍附鳳之輩着急了。他們分頭向慈禧奏請换

第十八章　互保東南

一個法子，即預立大阿哥，爲避免醇王府的不滿，申明此大阿哥是繼承穆宗皇帝的。穆宗做了十三年的天子，無後而終，現在又過去了二十四年，皇上並未誕育皇子，穆宗之廟長期無人祭祀，這事無法向祖宗交代，醇王府不應反對，也無理由反對。

大清祖制，自雍正朝起就不再立太子即大阿哥，現在破了祖制預立儲君，多少有點掣礙，但可以『皇帝病重，事出無奈』作搪詞，過兩年待大阿哥成年後，便可叫他代行皇帝事。如此，名未廢而實已廢，外人既無藉口干涉，文武百官也不會因廢立大事來多口舌。慈禧覺得這個辦法好，採納了。

於是，以光緒的名義詔立溥儁爲大阿哥，開弘德殿教讀，以徐桐、崇綺爲師傅，又命端郡王載漪爲總理各國事務衙門大臣，兼管虎神營。載漪掌管外交和軍隊，權勢在當年的攝政王大臣奕訢之上，隱然可與入關之初的皇叔多爾袞相比了。

慈禧自以爲她玩的這個花招很高明，其實她的真實用心，全國臣民都很清楚，就連外國人也蒙騙不了。光緒二十六年元旦，爲溥儁正式行禮的大喜日子，文武百官都遵旨朝賀，但各國公使館儘管早早接到了邀請書，却一個公使都没到場。公使館的冷落大大激怒了慈禧，也讓未來的太上皇載漪深感尷尬。聯繫到外國人引渡康梁出逃的前科，慈禧、載漪對洋人的仇恨，已到怒不可遏的分上了。儻若說由鴉片、教案、租借口岸等事而招致的國辱尚可忍受的話，那麼這種因個人尊嚴和地位所結下的私怨，則是決不可寬恕的。大清王朝的最高權力執掌者，對洋人已忍無可忍，他們在竭力尋找一個機會報仇雪恨，發泄心中的這口惡氣。

機會終於被他們找到了。

二　蝮蛇螫手，壯士斷腕

早在嘉慶末葉，直隸、山東、河南等省接承白蓮教之後，又有八卦教在百姓中活躍。八卦教以習拳術爲主，兼畫符治病。他們以組團結夥來互相幫襯，許多窮困愚昧又不甘於受苦受難的鄉民則踴躍參加。人們稱這種團夥叫義和拳，入夥者爲拳民。光緒年間，山東受德國傳教士及教民的欺侮頗深，於是鄉民在義和拳的組織下，與傳教士和教民對抗。歷任山東巡撫李秉衡、張汝梅、毓賢，也對傳教士及教民的行爲不滿，袒護拳民，於是義和拳在山東會衆日多，影響日大。毓賢更將義和拳更名爲義和團，把它當作維持鄉間秩序的團練對待，義和團因而取得了合法的地位。義和團聲稱，習他們的拳術可以神靈附體，刀槍不入。拳民所崇拜的神靈，或來自民間的傳說如八仙等，或來自戲臺，如齊天大聖、梨山老母等，或爲歷史上的名人，如關羽等。毓賢對此篤信不疑。但他的繼任袁世凱却不信這一套，視之爲邪教，大加鎮壓。義和團在山東安不下身，便大規模地流向直隸。那時直隸正遇災荒，大批災民加入義和團，義和團的聲勢更加旺烈。爲了得到朝廷的支持，他們打出『扶清滅洋』的旗幟，在天津、河南、冀州、涿州等地設壇練拳，其中以乾字團、坎字團最爲著名。乾團又稱黃團，所有人員皆黃巾、黃帶、黃抹胸、黃布纏足。坎團又稱紅團，所有人員一律著紅色。他們公然編列隊伍，製造兵器，以軍法相部勒。

直隸總督裕祿對義和團禮遇有加，以黃轎鼓吹恭迎其大師兄張德成、曹福田至總督衙門，直隸官員們屏息侍立兩旁。義和團因此聲勢更壯了。他們拆電綫、毀鐵路，揚言要與洋人幹到底。

載漪看中了這批人。他要利用他們來對付洋人，代他復仇，並藉以鞏固大阿哥的地位，早日實現

他太上皇的理想。他向慈禧奏報了這一情況，稱義和團爲義民，可用他們衛朝廷，抗洋人。慈禧很盼望有一支人馬來爲她出氣，但又怕他們是亂民，便打發剛毅、趙舒翹兩位軍機大臣前往涿州親自查看。

剛毅深知載漪的用心，一心附和。趙舒翹則是剛毅提携進的軍機，明知義和團走的是邪路，也昧着良心和剛毅説一樣的話。慈禧相信了拳民的神力，遂召義和團進京。徐桐等人親出京門迎接。載漪更在王府裏設一大壇，親自拜祭。其他王公世爵，也爭相延請大師兄住其府第。至於內宮太監則更迷信，幾乎全部入團。一時間，京師成了拳民的天下。

五月十五日，日本書記生杉山彬被拳民殺害。此事在各公使館裏引起震動，紛紛向總署提出詰難，總署則含糊其辭不加追究。接下來幾天，拳民在北京城裏燒教堂，殺教民，京師陷入恐怖之中。這時一個名叫羅嘉杰的江蘇道員正在北京，他向朝廷投了一封密信，説各國正集結軍隊進攻京師滅亡朝廷。慈禧看到這封密信又驚又怒，接連三天召見大學士六部九卿公議，御前會議上明顯地出現兩種對立的主張。以載漪、剛毅等人爲首主張先下手爲强，藉這個機會攻打使館，殺盡洋人，永遠斷絕與洋人的外交往來。慈禧贊賞這種主張。以兵部尚書徐用儀、户部尚書立山、吏部侍郎許景澄，以及不久前由蘇藩遷太常寺卿的袁昶等爲代表的一些人堅決反對攻使館殺使臣，挑起中外戰爭的作法，主張用和談的方式解決目前的糾紛。光緒的態度與主和派相同。

主和派人少勢單，又似乎理屈氣弱，在主戰派激昂的言辭和凌厲的攻勢下，毫無招架的力量。終於，慈禧率文武百官誓師太廟，下詔宣戰：『與其苟且圖存貽羞萬古，孰若大張撻伐一決雌雄。』並褒義和團爲義民，撥內帑十萬以獎勵，召董福祥率甘軍攻打東交民巷的各國使館。各國政府聞訊，急

調人馬，組成一支一萬八千人的八國聯軍，從天津向北京進發。

中國近代史上最爲荒唐、中華民族在外人面前蒙受最大耻辱的庚子之役就這樣爆發了。

朝廷將對各國宣戰的詔令用電文通告各省督撫，要他們理解和支持朝廷的這個決定：各懷忠義之心，共泄神人之憤。

由於直隸全省的電綫均被義和團剪斷拆除，京師電報局及天津電報總局都無法發報，最近的一處便是濟南電報局了。山東巡撫袁世凱用强硬手段將義和團驅逐出境，確保境內的安定。當時的報紙將直隸和山東作了對比，説幽燕雲擾，齊魯風澄，誰是昏官，誰是能吏，亂局到來的時候，世人便一目瞭然了。而袁世凱也正是藉此小試牛刀，爲他日後耀人眼目的政客生涯奠定了厚實的基礎。

當下，袁世凱接到從京師用四百里加快遞來的詔書後，心裏大大地吃了一驚：太后怎麽會作出這等糊塗的決定！他不敢怠慢，馬上吩咐將此宣戰詔書發往上海電報分局，再由上海轉發各省督撫。此時坐鎮上海電報分局的正是天津電報總局的督辦盛宣懷。盛宣懷看到這份電文，跌足長嘆：中國將從此面臨亡國之禍！這樣的詔書發往各省必然引起天下恐慌，接下來的很有可能便是天下大亂。他將詔書壓下來，衹先向兩地發出：一是廣州，發往他的老主子兩廣總督李鴻章；一是武昌，發往他目前正在經營的中國鐵路總公司和漢陽鐵廠的創辦人，他的半個主子張之洞。在盛宣懷的心目中，眼下中國最有見識、最有威望的大臣便是這兩位總督了。

李鴻章收到這份電報，心情沈重憂鬱。朝廷掌權的王公大臣昏聵鄙陋，既不識世界潮流，亦不知强弱對比，狂妄而愚昧，欲廢皇上而立大阿哥本是錯誤之舉，現在又利用邪教亂民來與各國爲敵，更是錯上加錯，而太后居然就相信他們，把他們的無知蠢想變爲國策。太后呀太后，您怎麽會糊塗至

此！是什麽東西使得您鬼迷心竅，喪失了正常的思考？您當年平髮捻、辦洋務的英明智慧到哪裏去了？這樣的詔書我們能奉行嗎？能在廣州打領事館、毁教堂洋行，用以響應朝廷的決策，支持朝廷的行動嗎？辦了半輩子外交，深知中國軍事力量薄弱的前北洋大臣，此刻心裏明晰得如同一面銅鏡似的：中國連一個小日本都打不贏，還能跟美國、英國、德國、法國、俄國這些聯合起來的西洋强國交手嗎？戰爭的結局衹能是一種後果：中國大敗慘敗，很有可能被列國瓜分，甚至立刻亡國。

想到這裏，七十七歲的李鴻章一陣暈眩，倒在鬆軟的沙發躺椅上，昏昏沈沈中，他仍在思考着這件大事，面前擺着三種選擇：一是奉命，二是置之不理，三是明確表示不執行，並告訴其他督撫也不要執行。

奉命是忠於朝廷，但明擺着的是禍亂國家。在官場混了五十多年，歷經道咸同光四朝的這位老政客，也知道給國家帶來禍亂的人，到頭來終究也會給自己及家人帶來大禍，無論是爲國着想，還是爲家着想，都不能奉這個命。置之不理，固然不失爲一種良法，但敢於任事、熱中出頭的性格及二十多年的疆臣領袖的地位，使得李鴻章不選擇這個做法。他想回電盛宣懷，叫盛宣懷把電文壓一壓，觀一觀中外形勢再説。但是，這是詔書，盛宣懷哪敢扣壓不發呢？得有一個説法。李鴻章思索良久，終於從稗官野史中得到靈感：不承認這是兩宮發出的詔書，而是别有用心的人盜用兩宮的名義製造的亂命。每當時局混亂之時，常有亂命趁機而出，辨别真僞，區别對待，是危亂之際爲臣子的本分。何以辨别呢？這衹能從朝廷一貫的宗旨與此次詔書的內容相對比來區分。朝廷一貫與各國友善，而詔書與這一宗旨完全背道而馳，一紙詔書與無數道上諭相較，衹能懷疑這一次！

當然，李鴻章知道，從變法以來直到各國拒絕出席大阿哥的加封典禮，太后對洋人的惱怒有增無

滅，詔書恰是這種仇恨心理的總爆發，自然不會是亂命，但現在衹能將它以亂命視之，方可免去日後違旨的究詰。李鴻章將這個想法通過電報發給盛宣懷，老練的大官商盛宣懷對此心領神會。

武昌電報分局總辦趙茂昌接到這份特急電報後，星夜趕到督署，親自交給張之洞。其實，張之洞昨天便已經知道了京師所發生的重大變故，他的消息來源於英國駐漢口的領事館。

昨天上午，英國駐漢口領事館代理總領事法磊斯，在江漢關税務司英國人何文德的陪同下，緊急拜會張之洞。張之洞在督署接待他們，辜鴻銘在一旁充當翻譯。

身材修長、儀表整潔，極具英國紳士派頭的法磊斯坐定後，開門見山地説道：『總督先生，我告訴您一個不幸的消息：貴國政府已向西方各國宣戰，由甘肅提督董福祥率領的軍隊和亂民正在向東交民巷各國使館開火，這是一起極其嚴重的事件，不知總督先生知不知道？』

通過辜鴻銘的翻譯後，張之洞對英國總領事的這番話驚訝不已。他第一個感覺是：政府向各國宣戰，這樣的事是絶對不可能發生的。這段時期拳民湧入京師，局勢動蕩，很有可能是那些拳民在圍攻各國使館，他們也有可能打着朝廷的旗號在胡作非爲。

『總領事先生，您所説的這件事我不知道。我國政府一向與各國友好，不會向各國宣戰的，這或許是亂民的破壞，與政府無關。請問總領事先生，您的這個消息從哪兒得來的？』

法磊斯冷笑了一聲説：『總督先生，北京附近的電綫均已被拆毁，您的信息不靈是可以理解的。我的消息來源於鄙國政府外交部，鄙國政府外交部的消息則是直接來源於駐北京的公使館。這是千真萬確的，您不要有任何懷疑。』

張之洞從法磊斯的神態中已感覺到事態的嚴重性。這樣大的事情，英國領事館没有必要造謡，何

況由總領事親自過江來通知，按照洋人的規矩，這是代表他的國家的行爲，看來真有其事了。但作爲湖廣總督，張之洞衹能以朝廷的諭旨爲準，是不可能也不應該以外國人的話爲根據的。

他也報之以微微一笑，説：『即便京師附近的電綫被毁，也有別的辦法傳遞消息，我將等待着朝廷的諭旨。』

法磊斯平静地説：『過不了兩天，您一定會得到準確消息的。我今天過江來拜會您，是想跟您商量一件事。』

張之洞緩慢地撫摸着胸前的花白長鬚，口氣和緩地説：『有什麽事情，請説吧！』

『我奉敝國政府外交部的命令，特爲告訴您，如果長江流域發生類似北京的事情，總督先生有無力量可以制服動亂，保證地方安静，從而使敝國在長江流域的利益不受損害。』

張之洞立刻回答：『我可以負責任地告訴總領事先生，萬一在湖北境内出現動蕩，我有足够的力量可以保境安民，總領事先生不必擔心。』

法磊斯的臉上露出滿意的神態，説：『我很高興地聽到總督先生這句話，但還想告訴總督先生，貴國的亂民一旦肇事，局面就很嚴重，您的軍隊不一定够用。爲了貴國的百姓，也爲了敝國在長江流域的商務，到時我們願意出動包括軍艦在内的軍事援助。』

借用洋人的軍事力量來平息中國的内亂，這是當年曾國藩、胡林翼等人所不願爲的事，作爲一個富有閲歷的統兵大員，張之洞深知曾、胡等人的用心良苦：因爲它不但將要受到『漢奸』之譏，而且對於獲勝之後的外國軍隊的無窮誅索，也將會窮於應付而煩惱不已。

張之洞委婉而堅決地拒絶：『貴國的好意，鄙人深表感謝。保境安民，是鄙人的第一職守，湖廣

的軍事力量足以應付境內的一切亂子，不管遇到什麼情況，絕對不會需要貴國的軍事援助。請總領事先生明確告訴貴國政府，軍事援助一事，不要再提起。』

張之洞的這種强硬態度，頗出法磊斯的意外。法磊斯來中國已五六年了，與不少中國高級官員打過交道，没有哪個官員在他的面前不是逢迎獻媚、卑躬屈膝的，對於他的主動提出的援助，這樣明確予以拒絕的還是第一次遇到。法磊斯在一陣失望之後，禁不住從心裏冒出幾分敬意來。『總督先生，我知道湖北的軍餉已欠三個月了，如果軍艦這樣明顯的軍械援助，會引起貴國民衆誤會的話，我可以改變方式：借款給你們發餉。我手中現有一筆七萬五千英鎊的現金，可以拿出來，先借給你們發軍餉。我們没有别的目的，衹是希望湖北軍心能够安定，到時能全副心思平亂保境。』

張之洞借過不少洋款，有的利息還很高，但那是爲了辦洋務。眼下這筆相當於五十萬兩銀子的英鎊，對於穩定軍心很有作用，因爲確乎如法磊斯所説的，湖北绿營的軍隊有三四個月没有發餉了。兵士得不到餉，就容易滋事，也不願聽調動，一旦有事，就不能得心應手。這五十萬銀子的確很重要，就算借洋款發餉，也不是不可以的，不過目前的情况非比一般，暫不鬆口爲好。

『總領事先生，貴國政府的誠意，我很高興地領受。我們的軍餉雖有欠缺，但軍心還不至於涣散，鄙人作爲制軍，尚可調遣。以鄙人看來，目前的跡象還看不出有很嚴重的事態出現。假若發生了意外的事，而我們又需要貴國政府的幫助的話，我們會求援的。比如説銀錢，到時我們也可能向貴國政府借。當然，我們會遵照平時借款的舊例，照章付息。』

法磊斯説：『總督先生的態度，我本人能給以充分的體諒。英國在貴國長江流域的商務活動已有三四十年的歷史，這些商務活動，不但替敝國的商人謀取了利益，也同時爲貴國帶來福祉。正常的商

務活動是互利的。我國政府切盼，長江流域的商務活動不因北方的混亂而受影響，更不希望南方發生北方一樣的混亂，造成貴我雙方的不利。』

張之洞説：『我很讚賞總領事先生剛纔説的這句話，正常的商務活動是買賣雙方互利的。我本人多年來一直主張與世界各國進行正常的、平等的、互利的商業往來。貴國在長江流域的正常商務活動，鄙人將與兩江總督劉坤一制臺一道維護。請總領事先生放心，湖廣不會發生大規模騷亂。北方的騷亂是因爲疏於控扼的緣故。儻若有一兩個得力的大臣，在幾個月前，拳民剛剛蠢動時就加以鎮壓，亂子就鬧不起來了。』

法磊斯滿意地告辭而去。

不料，今天就收到由盛宣懷發來的宣戰詔書！張之洞氣得將電文狠狠地一甩：『榮禄、剛毅誤國！今日世界，能有一個中國向西方七八個大國同時宣戰而取勝的道理嗎？他們連這點都不懂，真昏聵糊塗到了極點。慫恿兩宫犯此大錯，罪該萬死不赦。』

轉臉對趙茂昌説：『你趕快回電報局，有什麼情况立即向我稟報。』

又對一旁侍候的巡捕説：『你去通知幕友房，下午在鶴舞軒聚會。有重要事情相商。』

喫過中飯後，督署東花園的前後幾個門都被衛兵把守着，不准任何閒雜人員進來。盛夏的武昌城已是暑氣彌漫，但鶴舞軒四周樹木繁茂，並不太熱。梁鼎芬、辜鴻銘、徐建寅、陳念礽、梁敦彦、陳衍等人面色凝重地聆聽張之洞在宣讀電文後的講話：『朝廷向各國宣戰，鄙人以爲是一個錯誤的决定，但遵旨奉命，又是鄙人的本職，鄙人正面對着進退皆難的境地。各位先生有何良策，可以援我出困境？』

衆皆面面相覷，腦子裏則都在緊張地思索着良策。這良策也真不容易出來。

一向口無遮擋的辜鴻銘首先開了腔：『洋人不是好東西，打着做生意和傳教的名義到我們中國來欺蒙拐騙，還要用暴力强迫官吏和老百姓聽他的。依我看，皇太后泣血太廟，慷慨誓師，與其苟且圖存貽羞萬古，孰若大張撻伐一決雌雄，是對的。我辜某人贊成。』

總督明白表示不贊成，這位辜湯生偏要唱反調，他意欲何爲？衆幕友都瞪大眼睛，驚詫地看着他。張之洞的眼神也甚是疑惑。

『義和團也不是東西。我聽一個在直隸做官的朋友告訴我，説義和團的人裝神弄鬼，弄來的神仙全是戲臺上的人物，什麽刀槍不入，全是騙人的鬼話。還有什麽大師兄、二師兄，全是緑林中的土匪頭。最可笑的，還弄來一批女人，叫什麽紅燈罩、青燈罩，據説都是從窑子裏拉出來的婊子。』

這句話引來一片嬉笑聲，辜鴻銘很得意。他平日説話，有一半的目的是想唤取聽者的驚嘆詫異；如果聽者没有什麽特別的反應，他就會感到失望，覺得很没趣。故而他説話時常走極端，愛誇張，標新立異，與衆不同，又很會使用一些極有趣味的比喻和逗人的笑料。這一切手段，無非都是引起聽者的格外注意，就像茶館裏説書人似的。然而聽者在去掉這些色彩和包裝後再去細嚼他的話，也並不是全無道理的，故大家喜歡聽他講話。張之洞尤其喜歡聽他講話，除開這種吊人胃口的藝術外，更重要的是他敢講真話，這在衆幕友中更是少有。

『所以，就我看來，洋人該打，但不能由義和團去打。義和團肯定打不過洋人，結果還是我們中國喫虧。但北京已打起來了，我們没辦法勸止，我們守住湖廣兩省，就算盡職了。對於這個詔書，可以學宫中的辦法：淹了。』

將上諭比之於奏摺，將督署比之於朝廷，這是何等的荒唐狂謬不倫不類！此話儻若出自別人的口中，必定會大遭斥責，但出自辜鴻銘的口中，仿佛很自然似的。衆人又一陣嬉笑，明白了他的意思：我們辦我們的事，不去理會這道詔書，也不給朝廷以可或否的回覆。

梁鼎芬説：『我完全擁護香帥的話，向各國宣戰絶對是一個錯誤的決定。香帥不能回電表示執行，而是應該致電軍機處，請朝廷儘早停止攻打各國使館的軍事活動。但這個電文不能由香帥具銜，而是由我們署名。』

梁敦彦説：『節庵這個主意好，我願意列名。我們這些人，數節庵官位最高，就請節庵領銜吧！』

梁鼎芬忙説：『領銜不敢，領銜不敢，我忝列其末吧！』

張之洞笑了笑説：『由湖北督署幕府發出的電文，能避得開我張之洞嗎？與其躲在幕後，不如站在臺前，還可落得個好漢做事好漢當的美名。這個電文我看不必發。』

二梁見張之洞不同意，遂不再堅持。

陳念礽摸着下巴想了半天後説：『這是很重大的事情，我想湖廣不必急於表態，眼下要做的事是加强與京師的聯繫，多多瞭解這兩天來交戰的情況。據我所知，各國在中國可使用的軍事人員近三萬人，但分散各地，一時不便於集中，估計要半個月二十天的時間纔能聚齊。儻若這三萬人聚在一起開往北京，即便是三十萬義和團也不是敵手。但使館區的軍事人員不多，也可能在三五天、七八天内就會把使館全部毁盡。如果這種局面出現，那中國就與西方列强結下了血海深仇。這場戰爭如何結局，真令人難以想像，説不定我們在湖北辦的一切洋務，我們徐圖自强的所有努力，都將付之東流。』

張之洞説：『念礽説得太悲觀了。不過真要那樣，中國的確是損失太大，仗既然已開，勸止也大

概勸不了，現在衹是想辦法儘量減少損失，就是上策。』

陳衍一直没有開腔，張之洞望着他説：『石遺先生，説説你的看法。』

陳衍摸了摸下巴上的幾根稀疏的鬍鬚，慢慢悠悠地説着福建腔的官話：『古人云，將在外，君命有所不受。又説，亂命不可從。這兩句話都説，有時來自朝廷的命令，可以不必服從。一是不合時勢的君命不服從，一是危亂之際，有挾持君王而下的命令或違背君王一貫意旨的命令，不服從。眼下京師局勢危急，義和團控制朝廷，難保這種對洋人宣戰的詔書不是他們僞造的亂命。』

『亂命』，陳衍的這兩個字引起了在座所有幕友的高度注意，他們都在心裏説：爲什麽没有想到這一點呢？

張之洞也被陳衍提醒：太后、皇上一貫主張與洋人友好，怎麽突然會宣起戰來呢？義和團挾持朝廷，以朝廷名義來幹他們想做的事，這不是不可能的呀！他帶着鼓勵的口氣説：『石遺先生，你説下去！』

『我們可以不執行這道未經覈實的詔書，我們還是按過去朝廷一貫的宗旨去辦，即在湖廣地區維持與洋人的友善關係。昨天英國駐漢口總領事親自過江來拜會張大人，表明英國政府急於保證他們在湖北的利益。英國是這樣，美國、德國、法國也一定是這樣，而我們也需要湖北地方的安寧，不願看到湖北尤其是武漢三鎮出現類似直隸和京師的混亂。所以，在這一點上我們是和各國利益一致的。我建議，由張大人向各國明確表示，湖北衹有會匪，無義民，本總督負有保障湖廣安寧的職責，儻若有人倣法義和團的行動，在湖廣一帶鬧亂子的話，本總督將嚴懲不貸。如此，既安洋人之心，又安百姓之心。至於這個宣戰詔書，要嚴密封鎖，不能向下面泄露半點，以免給湖廣一帶的會黨流氓、江湖浪民、市井無賴以騷亂的藉口。』

『湖北衹有會匪無義民』，這句話説得好極了，它斬釘截鐵般斷絶湖北一切亂民與北京拳民的聯繫。凡鬧亂子的都是會匪，就將按懲辦會匪之例嚴懲不貸；至於將朝廷詔書嚴加封鎖以免被人利用，則更是當務之急。

張之洞想：看來這陳衍不衹詩做得好，還真有能吏之才。他望着這位瘦瘦精精的矮個子福建人，露出了滿意的微笑，説：『石遺先生的這幾句話説到了點子上。湖廣應有湖廣的做法，不能盲從……』

『大人，上海電報局又來了緊急電報。』

張之洞正説着，趙茂昌急急忙忙地闖了進來，遞上一封剛收到的特急電報。張之洞忙拆開看，鶴舞軒裏的所有幕友也都緊張地望着總督那張瘦削而嚴峻的長馬臉。

『盛宣懷來電説，他建議東南諸省與當地洋人各自訂立互相保護的條約，即中國境內的安寧，中國自保，洋人在當地的一切設施，洋人自保，雙方各不干涉，也不允許其他人侵犯。盛京堂説，此建議已得到兩廣李少荃、兩江劉峴莊、上海道余聯沅的同意，問湖廣同不同意。若同意，則派人赴上海與各國駐滬領事館會商。』

張之洞的話剛説完，梁敦彦就説：『我看盛宣懷這個電文的意思與剛纔石遺先生説的主旨很接近，即不接受宣戰詔書，各省自行自己的一套，衹是講得更明白了些，華洋雙方各管各的。』

梁鼎芬説：『這個主意好是好，就是讓人聽起來像是各省與朝廷分開，有點鬧獨立的味道，怕授人以把柄。』

陳念礽説：『這事若在美國，完全不算一回事。美國本就是聯邦制，各州有自己的獨立性，但在

我們中國，的確有點犯忌。』

辜鴻銘說：『朝廷把事情辦砸了，不能保護地方，各省自保有什麽不對？』

陳衍說：『盛宣懷的建議與我的想法很接近，但東南各省互保，也確有獨立之嫌。我想，爲避此嫌，必須在互保時得先聲明，我們是忠於朝廷，是完全擁戴太后、皇上的，這是危急時候不得已的做法。』

張之洞握着長鬚，仔細地聽着各位幕友的發言。驀地，他甩開長鬚，鐵青着臉說：『蝮蛇螫手，壯士斷腕，斷腕是爲了保護整個軀體。眼下直隸已亂，京師開仗，後果已不堪預料，儻若保得東南數省的安寧，直隸和京師即便陷入洋人之手，中國仍還有希望；若是東南跟着北方一齊亂，一齊陷於洋人之手，那中國就將再無光復之日。我身爲國家大臣，自應爲整個國家着想，是非曲直，自有公論，一時的指責，也顧它不得了。李少荃、劉峴莊都同意，我張某人的見識難道還不如他們！我現在即委派辜湯生、陳石遺兩位代表我前去上海，與盛宣懷、余聯沅一起去和洋人商談，共同訂下互保條約。』

陳衍很不喜歡辜鴻銘的性格，怕他壞事，希望張之洞行前管束一下，便說：『香帥信任我，我自然會竭盡全力，不辱使命。湯生去當然必要，他懂洋話，可作翻譯。但湯生嘴無遮攔，又愛罵人，洋人也好，中國人也好，逮住誰罵誰，我有點擔心。』

大家都笑了起來。辜鴻銘生怕張之洞聽了陳衍的話，不派他去，讓他失去一個大出風頭的絕好機會，便說：『我這次去上海注意一下，不罵人好了。』

『不，』張之洞正色道，『你此番去上海，該罵的，還是照罵不誤，尤其對洋人不要講客氣，就像你剛纔那樣，先罵洋人不是東西，再罵義和團不是東西。我看就這樣罵，最好。』

衆皆愕然，辜鴻銘也覺得有點意外。

張之洞繼續說：『罵洋人，是叫他們不要翹尾巴，他們所作所爲是有許多該罵的地方，罵罵有什麽不對？你就放肆罵，見英國人用英語罵，見法國人用法語罵，罵他們一個狗血淋頭，表示我們一不怕他，二不依附他，罵完後再和和氣氣地與他們簽條約。義和團更要罵。他們是邪教，是亂民，給國家和百姓帶來災難。罵他們，表明我們和朝廷那些昏聵大員不是一流人，我們有自己的頭腦。陳石遺，你放心好啦，辜湯生和你一起去，祇有好處，沒有壞處。』

這一番話，說得大家都笑了起來，辜鴻銘更是喜得搔首弄姿，得意洋洋。

第二天，辜鴻銘、陳衍奉命坐小火輪離開武昌去上海。到了上海後，他們和劉坤一的幕友及上海道道員余聯沅等，在盛宣懷的周旋下，和英國、美國、法國、德國等西方主要大國駐滬領事一道簽署了中國近代史上有名的東南互保條約。後來，李鴻章、袁世凱及閩浙總督許應騤也在這個條約上簽了字。東南互保從兩江、湖廣擴大到兩廣、山東、浙江、福建，聯成一個廣闊的區域。東南互保條約，保障了東南半壁河山在北方騷亂時的安堵，却也給晚清政局的分裂埋下了一根伏綫。十一年后辛亥革命爆發，各省紛紛宣佈獨立，便是步它的後塵，終於導致大清帝國轉眼間即土崩瓦解。

就在東南互保條約簽訂的日子裏，一個重大的武裝暴動計劃也正在長江流域一帶醞釀着，湖廣總督面臨着一場空前未有的生死較量。

三　兩湖書院畢業的自立軍首領唐才常勸張之洞宣佈湖廣獨立

戊戌年春天，在湖南長沙大辦時務學堂的，除譚嗣同、梁啓超、熊希齡等人外，還有一個重要人

物，他的名字叫唐才常。唐才常比譚嗣同小兩歲，不但是同鄉，更是志趣、性格相投的刎頸之交。唐才常出身書香門第，本人亦是秀才。光緒二十年至二十二年，他在張之洞創辦的兩湖書院讀書兩年，是書院有名的高材生。他同時又兼習武術，並與長江流域的會黨廣有交往，和譚嗣同一樣是一個文武雙全的熱血青年。

說起長江流域的會黨，要追溯到四十餘年前的老湘軍頭上。當年老湘軍的霆字營統領爲鮑超，鮑超是四川奉節人，他的霆字營中有許多四川人。四川有個影響很大的會黨名叫哥老會，四川籍的湘軍把哥老會帶進霆字營。入哥老會的人互相之間特別親密，平時有福共享，打仗時有難共當，最受丘八所喜歡。很快，哥老會便發展到湘軍各營各哨。江寧打下後，湘軍十成裁了九成，這些被裁撤的湘軍一部分回到老家，也有一部分不願回家，流落在沿長江兩岸的江蘇、安徽、江西、湖北等省內，他們靠着哥老會的組織形式存活下來，並不斷發展會衆，最多時曾達十多萬人。因爲哥老會勢力强大，地方官紳無不畏懼退讓三分，因而使得其他會黨，如三合會、天地會、大刀會、紅教會、白蓮教及拜上帝會餘黨也跟着在長江流域活動起來，加上這些人在內，光緒年間長江兩岸共有二十餘萬會黨在山林江湖中活躍，成爲當時中國黑社會勢力最强大的一個區域。湖南的平江、瀏陽、醴陵一帶自古尚武之風盛行，譚家是瀏陽顯宦，唐家則是瀏陽名儒，各種勢力都願意與他們接近，譚、唐二位本是倜儻不羈的脫俗之才，便憑藉這些關係與湖南乃至長江中下游諸省的會黨建立了密切的聯繫。

譚嗣同在法華寺會見袁世凱的第二天，鑒於時局的危急和對袁世凱的不太放心，便向居住長沙的唐才常發出一封密電，叫他迅速與兩湖會黨取得聯繫，並立即北上趕到京師，共襄大業。唐才常接到電報後，火速與湖南的幾位會黨首領取得了聯繫，又星夜趕赴漢口，欲與湖北首領商議。就在這時，

第十八章　互保東南

噩耗傳來，譚嗣同等六君子爲中國的維新變法英勇獻身。同時，他在獄中的題壁詩也傳了出來：

望門投止思張儉，忍死須臾待杜根。

我自橫刀向天笑，去留肝膽兩崑崙。

世人紛紛猜測，『兩崑崙』指的是誰？衹有唐才常心裏清楚，這肝膽相照的兩崑崙正是譚嗣同和他兩人。眼下好友去了，自己留存，留存者衹有秉承遺志，繼續奮鬥，纔能不負去者的最高託付和期待。唐才常含着巨大的悲憤，爲好友寫下了一副傳誦極廣的挽聯：

與我公別幾時許，忽警電飛來，忍不携二十年刎頸交同赴泉臺，漫贏將去楚孤臣，簫聲嗚咽；

近至尊剛十餘日，被群陰構死，甘永抛四百兆爲奴種長埋地獄，衹留得扶桑三傑，劍氣摩空。

他本欲赴京爲譚嗣同收屍，後聽得瀏陽會館的長班劉鳳池已負主人遺骸，正在南歸途中，便回家稍作料理後急赴上海，籌商新的行動。

唐才常在上海停留幾天後，輾轉香港、新加坡、日本等地，聯絡海內志士，共同匡救時局。在日本期間，他拜會了亡命此地的康有爲、梁啓超，又結識了主張以革命手段推翻滿清建立共和的興中會領袖孫中山。兩派都主張武裝起事，康有爲的目的是勤王，推翻慈禧復辟光緒，孫中山的目的是革命，驅逐韃虜，恢復中華。

去年十一月，唐才常帶着康有爲所籌集的三萬銀元及與保皇、革命兩派都關係甚深的熱血志士傅慈祥、林奎、沈藎、畢永年、秦力山等先後回國。不久，慈禧立溥儁爲大阿哥，上海電報分局總辦經元善聯絡一千二百多人聯名上書，反對廢立，要求光緒帝力疾臨御，勿存退位之思，唐才常、沈藎等人都列名其中。唐才常從這一行動中看出了光緒在全國的聲望，『勤王』的決心更加堅定。他在上海

發起成立正氣會，用以聯絡同志，共圖大舉。爲更好地聯繫江湖會黨，兩個月後，唐才常又在上海成立自立會。

自立會的形式與哥老會、天地會等差不多。開山堂，發票布，山名富有山，票號富有票，上設正副龍頭，下有内外八堂，拜香堂，喝鷄血酒。康有爲、唐才常列名副龍頭大爺，梁啓超、林奎、畢永年、秦力山列名總堂大爺。就這樣，他們將長江流域一帶的二十餘萬會黨團結在自己的周圍。自立會既受康、梁領導，又遥戴孫中山。

北京義和團攻打使館的事件出現，全國人心浮動，唐才常和在海外的康、梁、孫都認爲是個可以利用的大好時機。唐才常遂以挽救時局，保種保國爲辭，在上海張園召開國會，選容閎爲會長，嚴復爲副會長，又設總部於上海，分部於漢口。

與此同時，林奎、傅慈祥在漢口籌建起義的軍隊。將軍隊定名爲自立軍，集兵二萬，分七軍四十營，另以會黨十萬作爲後備和應援力量。這七軍即中、前、後、左、右、新軍、先鋒營各軍。中軍的主力爲湖北新軍駐漢標營的士兵及中下級軍官。前軍設在安徽大通，後軍設在安徽安慶，左軍設在湖南常德，右軍設在湖北新堤，新軍及先鋒營設在武漢。中軍統領爲林奎、傅慈祥，新軍及先鋒營的統領爲唐才常。自立軍定於光緒二十六年七月十五日中元節起事。

這時，李鴻章、劉坤一、張之洞與西洋各國及日本簽訂《中外互保條約》的消息傳了出來，海外的康、梁、孫與國内的唐才常等人都於此看出了一個微妙的動向：李、劉、張三督與朝廷的態度有所不同，儻若能説動他們獨立於朝廷的話，則既可以免去兵戈之災，又可利用他們的威望影響全國，無論是對眼下的勤王，還是對今後的變專制爲共和都大有好處。這些熟諳日本歷史的志士，都知道當年

第十八章 互保東南

明治天皇就是靠着强有力的薩摩藩鎮和長州藩鎮的策劃，纔實現王政復古和倒幕維新的。光緒就好比明治，李、劉、張就好比薩摩和長州。由李、劉、張來策劃實施，一切就會順利得多。年輕的救國志士們都認爲此種設想值得一試。

恰好此時李鴻章在香港。孫中山請英國駐香港總督卜力代爲進行。卜力通過翻譯和李鴻章談了一個上午的話，李聽的多，説的少，對於『兩廣獨立』這個重大的問題，他不表態。直到會談結束，卜力也没弄清楚這個資格最老名望最高的總督，對此究竟是同意還是不同意。卜力聳了聳肩膀，對與中國大員的談話之艱難深感無奈。卜力做過多年的香港總督，時常與中國官員打交道。這種交道給他的愉快感極少。他似乎看到在他與中國官員之間隔着一道看不見摸不着，但又分明存在着的厚墻深溝，彼此之間很難溝通。後來他纔悟到，這是兩種文化的差異，他本人無法越過。他將與李鴻章的會晤告訴孫中山。孫中山高興地説：『晤談是成功的，請你過幾天再去見見他。』

誰知兩天後李鴻章便接到恢復直隸總督兼北洋大臣的任命，當卜力再次與他會面舊事重提時，李一口拒絶了。『兩廣獨立』的努力算是白費了。

遊説兩江總督劉坤一的，是後來做了新軍第六鎮統制的年輕留日士官生吳禄貞。吳禄貞通過一個在自强軍中做中級軍官的朋友引導，在總督衙門裏拜會了劉坤一。

吳禄貞是個直砲筒，不喜歡轉彎抹角，話没説幾句就提到了『兩江獨立』的話來。劉坤一聽到這話，臉色陡然一變：『你是想走當年王闓運勸曾國藩的路嗎？這條路在我劉某人這裏一樣的走不通！』

在湘軍戰功鼎盛的時候，年輕的書生王闓運曾勸曾國藩蓄勢自立，遭到曾國藩的拒絶。作爲一個性情剛烈的軍人，吳禄貞受不了劉坤一的這種奚落，一氣之下二話没説，就走出總督衙門，心裏狠狠

罵道：『真是個老廢物，還擺譜哩，等我們起義成功後，你向我投誠，我都不收留！』

自立軍的分部設在漢口，張之洞自然是自立軍首領密切關注的重要人物。中軍統領林奎采取江湖通常手段，選派四名武功高强的俠客在湖廣總督衙門旁邊游弋，試圖尋找一個機會下手，劫持張之洞。因爲北方局勢緊張，武昌各衙門已接到不少湖北地方亂民蠢蠢欲動的報訊，督署及省垣三大憲等衙門都大大加强了戒備，親兵營爲督署增加兩個哨的兵力，日夜值班，不敢有絲毫懈怠。四名俠客在衙門四周游弋半個月，有幾次甚至登上張之洞居住的後院上房屋頂，但始終沒有找到一個可以下手的機會。康有爲得知這一情況後來電制止。這時唐才常也從上海趕到漢口，在緊靠英租界的寶順里住下。寶順里的房主李寶田在英國人辦的寶順洋行當買辦，以他的名義在寶順里購的六棟房屋，其實是寶順洋行的產業，受英國租界的保護。中國官府未經英國領事館同意，不能進入寶順里。因爲有這層保護，唐才常住在這裏，並將自立軍總部機關也設於此。

否定劫持方案後，唐才常和傅慈祥決定光明正大地進督署遊説張之洞。這是因爲唐才常和傅慈祥都有一個很好利用的身份——兩湖書院的肄業學生，而張之洞則是以總督、創辦者的身份一直兼任兩湖書院的名譽山長的。

正是武漢三鎮又成火爐的日子裏，午後，唐才常和傅慈祥兩人各穿一件薄竹布長衫，來到位於漢陽門碼頭附近的湖廣總督大門口，對門房説：『我們兩個是兩湖書院的肄業學生，得官費派往日本留學，現學成回來，特爲拜謁恩師張大人，請代爲通報。』

張之洞對兩湖書院的學生寄與厚望，凡有兩湖書院的學子造訪，均撥冗接待，何況他們又是官費資助的東洋留學生，想來張大人一定更爲樂意接見。門房想到這裏，笑着對唐、傅説：『二位稍等一下，我去禀報大人。』

一會兒工夫，門房出來，果然客氣地説：『二位先生隨我來，張大人在客廳裏接待你們。』

在會客廳剛坐穩一會，張之洞便來了。令兩位過去的學生所驚訝的，還不是四五年不見的兩湖書院名譽山長的衰老，而是他的散漫隨意，不修邊幅。在兩湖書院就讀期間，他們曾多次見過張之洞。那時的張之洞雖其貌不揚，却官儀十足。正二品的翎頂蟒袍、三寸高的白底烏筒靴，在前呼後擁的隨從襯托下，總督大人顯得威風凜凜，令那些年輕的學子兩眼不敢正視，心裏則羡慕得要死。而如今的這個老頭子，上穿一件灰白色的寬袖對襟夏布衣，下套一條半長闊腿玄色舊綢褲，不穿長衫已使人驚奇了，脚下還趿着一雙麻與布混合織就的拖鞋，手上拎着一把有了裂縫的大蒲扇。若不是在督署客廳裏相遇，若不是先前認識，唐才常、傅慈祥怎麽也不會相信他就是威名赫赫的湖廣總督，分明就是一個老態龍鍾、毫無地位的普通市井老者，頂多衹是三家村的一個窮老教書匠而已！早就聽説張之洞通脱簡易，看來傳説自有它的依據！

唐、傅見張之洞邁過了門檻，立刻刷地起身，彎腰向他深鞠一躬，然後自報身份：兩湖書院第三期學子湖南瀏陽唐才常，兩湖書院第五期學子湖北潛江傅慈祥。

『坐，坐下。』張之洞上下撲了兩下蒲扇，和氣地對着兩個後生子説，自己也邊説邊坐下。『你們兩個都是兩湖書院的，我看着你們有點面熟，但若在路上相見，認不出來。』

這是實話。張之洞一年到書院不過兩三次，唐、傅兩人在書院讀書時也沒有格外突出的表現，當然不可能在他的心目中留下很深的印象。

唐才常説：『我們兩個從兩湖書院畢業已有幾年了，今天特來看望恩師。』

那時的官場士林時興認師拜師。親自教過的學生，哪怕衹三個月半年，終生認其爲老師，這是天經地義的。書院的山長，視書院的所有士子爲生，反之，所有士子也認他爲終身老師，這也是理所當然的。府試、鄉試、會試的各位座師、房師，被中式的秀才、舉人、進士視爲老師，這也是順理成章的。各省學政、各府教諭，被該省的士子視之爲老師，也在情理之中。所有這些，都有師與生的痕跡可循。還有一種普遍的拜師習俗，那就是下級官員執着門生帖子恭恭敬敬地拜上級官員爲師，上司如果受了，今後就按師生形式頻繁走動。這種做法實在沒有一點師生之跡可循，衹是將赤裸裸的功利目的掩藏在深情脈脈的師生之誼中罷了。一旦到了原來的學生大爲發跡，做的官和自己相當或甚至超過自己的時候，做師的便要將帖子奉還，表示自己現在已當不起你的老師了。據說剛毅與翁同龢的關係惡化便起於這件小事上。剛毅原來衹是刑部的一個主事，因辦事能幹，翁同龢器重他，將他提拔爲郎中。剛毅見翁同龢這條路子可走，便遞上門生帖子，翁收下了。從那以後，剛以翁的門生自居，執禮甚恭。以後外放地方官，每次進京，都要殷勤看望恩師。後來，翁將他再調進京來，做了禮部侍郎。那時翁是尚書，官位還在剛之上，剛仍對翁以師相待。不久，剛入軍機，升工部尚書，又調兵部尚書，又拜協辦大學士，和翁完全平起平坐了。翁却沒有想到這時應該將剛的門生帖子還給剛，引起剛的極大不滿。最後，在慈禧面前多次告翁的惡狀，翁終於被開缺回籍，丟失了富貴仕途。

剛毅這種反目爲仇的小人做法雖是少數，却很典型地說明了晚清官場中所謂師生關係的實質，說起來真是令人可笑可嘆！

主考、學政出身的張之洞，出任地方督撫之後，一向熱中於辦學校作育人才，他自然樂於得過他一日之教的人終生稱他爲師。對於那些爲了干求而遞門生帖子的下屬，衹要他看得起的，他也樂於接收其爲門生，樂呵呵地聽人家叫他老師。見這兩個離開兩湖書院好幾年的年輕人來看他，還稱他爲恩師，張之洞顯然高興。他笑着對唐才常說：『你從兩湖書院肄業後的情況我略知一點。你是回到湖南去了，爲地方做事，時務學堂你參與了，《湘學報》上常看到你的文章。辦新政是好的，但不要太激烈了。聖人說過猶不及，你也過了點。當然，比起譚嗣同來，你又算穩當的了。』

唐才常注意聽着，在目前這個時候，提起譚嗣同，不罵他爲奸佞，衹是說他激烈、過頭了。身爲朝廷大員，這種態度，已足够友好的了。唐才常覺得欣慰。

祇見張之洞又轉向傅慈祥，問：『你從兩湖書院肄業後做了些什麼事？』

傅慈祥答：『我在兩湖書院讀了兩年後又轉到湖北武備學堂，讀了一年後，由官費派往日本留學，先入日本的成城學校，後入士官學校。』

張之洞聽到這，眼睛一亮，說：『你這條路選得好，湖北最缺軍事教官。你這次回來是休假，還是畢業了？』

傅慈祥猶豫了一下說：『我是回來休假的。』

張之洞問：『什麼時候畢業？』

傅慈祥隨口答：『明年夏天。』

張之洞用蒲扇指着傅慈祥說：『我和你約定，明年夏天你一回國就來找我，我派你去訓練新軍。衹要你好好幹，待遇和提拔我都會從優。』

傅慈祥笑了笑說：『謝謝恩師。』

張之洞搖了搖扇，說：『大熱天的，你們來督署看我，還有什麼別的事吧。既然是兩湖書院的學

生，那我們師生之間沒有客氣可講，有什麽事就直説吧！』

唐才常和傅慈祥互相看了一眼。唐才常挺了挺身板，操着瀏陽音極重的官話，聲音洪亮地説：『我們二人來督署，一來是好幾年沒見恩師了，心裏繫念，特來看望；二來，我們也確有一樁大事要向恩師禀報，求得恩師的支持。』

張之洞停止摇蒲扇，眼睛再次爲之一亮。從這兩次的亮眼中，唐才常和傅慈祥都看出，張之洞外形雖老了，但内神並沒有老，依舊和前幾年一樣的充足健旺。

『恩師，學生就以實相告吧！』唐才常面色凝重地望着張之洞，顯然壓低了聲音，瀏陽官話變得渾厚低沈起來。『眼下北方拳民猖獗，京師更處在拳民的控制之下，載漪、榮禄、剛毅等人欺蒙皇上，挾亂民自重，竟然冒天下之大不韙，圍攻各國駐京師公使館。據最新消息，各國已調動近兩萬軍隊，組成聯軍，現正集結天津，不日將向京師開拔。拳民所謂刀槍不入純屬鬼話，在兩萬西洋聯軍面前，他們衹有死路一條。京師危急，皇上危急，天下所有良心不泯的中國人皆憂心如焚，我輩亦如此，日夜籌思良策，試圖救皇上於兵火之中，挽神州於陸沈之際。』

張之洞繃着臉盯着唐才常，一邊聽着他如流水般滔滔不絶的講話，一邊想：此人濃眉大眼，臉如國字，膀闊腰圓，膚色黧黑，十足的一個帶兵勇將的材料，可惜他一直辦報摇筆杆，不去學軍事。相反，那個讀了三個中外軍事學校的傅慈祥，却眉清目秀，一副書生模樣。人真的不可以貌而定。唐才常説的這個情況，張之洞已從盛宣懷的電報中獲得。不過，他同時還知道聶士成、李秉衡的部隊正在開往天津的途中。聶軍完全是西洋裝備的新式軍隊，又是主軍，面對着身爲客軍的聯軍有許多優勢，應當可以抵擋得住的。張之洞並沒有把局勢看得如唐才常所説的那樣嚴重。

『學生有幸看到，當此北國危亡中原板蕩之時，獨恩師與兩廣的李中堂、兩江的劉峴帥，頭腦清醒、目光犀利，不奉僞詔，不從亂命，不畏無識之流的詰難，毅然與西洋各國簽定中外互保章程，爲皇上保東南半壁河山之安寧，爲華夏免數省百姓之流離，這種置一己聲名於不顧，以社稷蒼生爲重的風尚，學生敬仰至極，感佩無已！』

儘管唐才常、傅慈祥在張之洞的眼中並沒有什麽分量，但他還是很看重唐才常對他參與中外互保行爲的看法。因爲這畢竟是背着朝廷與洋人簽的條約，若要深文周納的話，扣上『賣國』『漢奸』的罪名，也不是無憑無據的。唐才常這番話代表着一部分讀書人的看法，應是值得重視的。

『你們能這樣體諒老夫就好。』張之洞説着，手中的大蒲扇又輕輕地摇動起來。

『不過，學生們斗膽請問下恩師，假若京師出現了一種新的局面，恩師將作何種態度？』

唐才常目光炯炯地望着張之洞，張之洞分明感覺到一種無形的威脅。他爲避開這種凌厲的挑釁，放下扇子，端起茶盃來喝了半口。心裏雖然有所意識，口裏却不由自主地問：『京師會有什麽局面出現？』

唐才常單刀直入：『西洋聯軍打進北京，皇上被囚，朝廷變成外國人聯合組成的政府。若是京師出現了這種局面，恩師，你的態度如何？』

張之洞拿盃子的手不自覺地抖了一下，茶水從盃口濺了出來。他趕忙將盃子放回几桌上。就在這個過程中，他的心緒很快恢復了平静。

『在老夫看來，這樣的事是不會出現的。四十年前，英法聯軍也曾打入過京師，文宗爺在避暑山莊安然無恙。洋人嗜利，給他重利，他便與你和談，他沒有必要囚禁皇上。再説，京師裏有步軍統領衙

門，還有神機營、健鋭營，新近又成立了虎神營，洋人要囚禁皇上也不容易。』

『這次和上次不同，』一直未開口的傅慈祥忍不住插嘴了，『上次是因續約不成，仇恨尚不大。這次是圍攻公使館。公使館就是國家的代表，打公使館就是打他的國家，這是對他的最大侮辱。何況，日本公使館死了書記官，德國公使乾脆給拳民殺了，這仇恨就大了。一旦打進京師，洋人囚禁皇上的可能性是大的。至於京城内外的軍隊，説句不客氣的話，他們根本就不能打仗，決不可能成爲洋人的對手。』

傅慈祥的話也並非全無道理。你可以打人家的公使館，殺公使，人家爲什麼就不可以囚禁你的皇上？若是真的重演『靖康耻』的話，該怎麼辦？擁立泥馬渡江的『康王』，那誰又是今日的趙構呢？

張之洞真不好回答這個問題了。他反問兩個學生：

『儻若真有那種大不幸的事情出來，你們看怎麼辦呢？』

唐才常抓住這個難得的好機會，堅定地説：『恩師，那時請您出面宣佈湖廣獨立。』

『獨立』！這個在十一年後的武昌起義時期，各省紛紛採取的行動，此刻在湖廣總督的腦子裏完全是不能想像的大逆不道。張之洞睁大眼睛，板起面孔：『湖廣是朝廷的湖廣，怎麼能獨立？』

傅慈祥立即説：『皇上被囚，朝廷已不復存在，湖廣宣佈獨立不再是對朝廷而言，而是對洋人而言，這不是背叛朝廷而是表示更忠於朝廷。』

對於一個在儒家學説熏陶下成長的讀書人，對於一個世代深受國恩本人又身居要職的朝廷命官，張之洞對這個奇怪的建議深感突兀，即便真的出現『徽欽被虜』的事，他也没有想到過『獨立』二字。張之洞嚴肅地説：『此事太重大，不宜多談，何況今日談此事，也爲時過早。』

康才常説：『恩師的這種態度我們可以理解，不過到那時，學生就要先採取行動了。』

『採取行動』？張之洞驚疑起來。他的兩隻雖有點昏花却依然鋭利的目光重新將這兩個昔日的學子打量起來：唐才常和梁啓超、譚嗣同一起辦過時務學堂，他莫非是康梁一黨？傅慈祥這些年在日本留學，據説在日本留學的中國學生流品複雜，不少人同情康、梁，有的甚至還同情那個以造反暴動爲業的江洋大盗孫文。傅慈祥是康黨，還是孫黨？

來者不善！張之洞的腦子裏突然間浮出這四個字，他的聲音立刻威厲起來：『你們要採取什麼行動？』

『勤王！』對於談話氣氛的變化，唐才常並不感到意外，他從容答道。

張之洞問：『你們憑什麼勤王？』

傅慈祥頗爲自得地答：『我們有十萬兄弟聚齊在長江兩岸，衹待登高一呼，便會羸糧影從，直搗黄龍府！』

張之洞從這句話中嗅出一股異味來：這聚集長江兩岸的十萬兄弟，豈不就是那些嘯聚江湖的會匪黨衆嗎？

見張之洞没有出聲，唐才常再挑明：『到時候，我們想借漢陽槍砲廠的槍砲子彈用一用。恩師造槍砲原是爲了保衛皇上保衛社稷，到了皇上被洋人所囚，社稷被洋人所佔的時候，我們借用槍砲來勤王衛國，想必恩師不會不同意的。』

這是什麼話！這豈不在明白告訴我，他們將會打劫槍砲廠，在武昌起事嗎？勤王，勤王，他們打起勤王的旗號，不知將要做出什麼事來；退一萬步説，即便勤王，也衹能由我湖廣總督出面，你們憑

大清帝國光緒二十六年七月二十一日。按照西曆計算，這正是十九、二十兩個世紀之交。中國和中國人民就是這樣以受人欺侮任人宰割、喪師失地、首都淪陷的奇耻大辱告別舊世紀，進入新世紀！

張之洞和所有良心未泯的中國官紳士民一樣，面對着這一道道無情的電文，陷於巨大的悲憤之中。得知袁昶被殺的那一天，張之洞罷去了晚餐，徹夜未眠。不到兩年的時間裏，自己一生寄望最大品學最優前景最爲看好的兩個學生：楊鋭、袁昶都在英年被殺害。殺害他們的又不是仇家怨敵，而是他們所共同尊崇的皇太后。這是怎麽一回事呀！這世道究竟發生了什麽變化！他深知楊鋭穩重厚道，決不會是康、梁、譚那一類激進亢奮的人，皇太后居然不加區分，不加審判，就將他和譚嗣同一道給殺了，真是冤枉。但此冤猶有可説：因爲楊鋭畢竟時運不好，和譚嗣同等人同時被授章京之職，很容易被誤認爲康黨。但袁昶之死，却無任何道理可説。難道在六部九卿的會議上，一個太常寺卿不可以發表不同的意見？朝廷主戰，難道主和的人就都得殺頭嗎？自古道言者無罪，現在是不但有罪，而且罪至於死！這是什麽王法，這難道是清明之治嗎？更何况，袁昶的話完全是對的，是金玉良言，是耿耿忠心。皇太后呀皇太后，您精明一世，爲何這兩年間糊塗至極？

這一夜，慈禧端佑康頤昭豫皇太后那拉氏英明聖哲的崇高形象，在張之洞的心目中降落了許多！

但是，在聽到太后携皇上已安然無恙地逃出京師正行走在西去的驛道上，强佔北京的洋兵也並没有派兵去追趕捕捉的時候，張之洞還是由衷地感到欣慰：太后和皇上没有受辱，這是祖宗的庇佑；洋兵並不越城追捕，這表明西洋各國並不想滅亡中國。太后、皇上還在，朝廷就還在；朝廷還在，大清的各級文武也就還在。

張之洞想起十多天前唐才常、傅慈祥的遊説，心裏默默地舒了一口氣：幸而脚跟站得穩，没有聽

信他們的胡説。『湖廣獨立』，這是多麽荒謬絶倫的設想。大清二百年深仁厚澤，國基篤實，是不會滅亡的。想在老夫面前玩花招，你們這些毛頭小子，還嫩了點！

四　爲對付湖北巡撫，湖廣總督半夜審訊唐才常

這時，早已離開湖北現爲安徽巡撫的王之春，給張之洞發來密電。電文説，中元節位於長江邊安徽桐城縣内的大通鎮發生會匪暴動事件，經過七天七夜的捕殺，現已平息。這次暴動的大頭目秦力山、吴禄貞係逃亡日本的康梁、孫文死黨。據搜獲的僞文書上説，大通暴動實整個長江流域暴動的一部分，暴動總部設在漢口，總頭目爲唐才常，請武昌密切注意動向。

這份電報證實了張之洞的判斷。他立即命令湖北新軍統制張彪進一步加强對武漢三鎮的戒嚴，又給大根佈置一系列緊急應對措施。

不錯，大通鎮的暴動正是自立軍大暴動的一個環節。自立軍大暴動原本就定在中元節，七軍一齊起義，但起義所急需的軍餉却一直未到。唐才常從日本回國時，康有爲答應給他起義經費三十萬銀元，先領三萬，餘下的二十七萬在起義前再陸續匯來。離中元節衹有幾天了，軍餉却依然不見蹤影，打電報催，回電説正在籌集中。除開極少數有追求有抱負的志士仁人外，自立軍中絶大多數會黨頭目，其實是衝着錢財地位而來的：起義前的三十萬銀元，起義成功後的高官重權。

有好些頭目坐在漢口等銀子，等不到銀子，他們的興頭便減少了許多。這時，又有一個消息傳來，説海外華僑早就捐足了銀元，被康有爲等人在日本揮霍了。衆頭目聽後很生氣，罵康有爲不是君子，罵唐才常欺騙他們，有的乾脆脱離自立軍，重操他們打家劫舍的舊業。唐才常、傅慈祥、林奎等人很

着急，決定將起義日期延遲。

但大通附近的自立軍不知道這個決定，依舊按原計劃來到大通鎮集結。大規模的外鄉人突然彙集大通，這事引起當地官府的注意。在大通鹽局的密報下，安徽官軍逮捕了哥老會首領郭志太、陳得沅，起義計劃遂暴露了。秦力山、吳祿貞當機立斷，立即起義，張貼佈告，攻打鹽局，一舉佔領大通鎮。接下來便是與安徽官軍激戰，最終全軍失敗，所幸秦、吳兩位統領没有被抓住。

這天傍晚，大根急急忙忙來到督署，對張之洞説：『四叔，這兩天，各個碼頭和通往城内的路口都發現許多神色異樣的漢子，估計他們是來武漢三鎮集結的會匪黨徒。』

張之洞説：『我剛纔收到英租界送來的密報，寶順里住着幾個可疑的人，你説的情况和英租界的密報正好吻合。現在要緊的是把寶順里的情况弄清楚。』

大根説：『我有辦法。』

他附着張之洞的耳邊説了幾句。張之洞連連點頭説：『就按你這個想法去辦。』

第二天下午，一個四十多歲的剃頭匠挑了一擔剃頭擔子來到漢口寶順里。這漢子在巷子口四處望了望，然後敲起手上的小鐵片，一邊喊着：『剃頭，剃頭喲——』慢悠悠地向巷子裏走去。

寶順里的巷子並不長，西頭連英租界，東頭爲鬧市區，因爲地勢好，一條小小的巷子却很有氣派。麻石鋪就的路常年洗刷得乾乾浄浄，兩旁的宅第多半豪華高大，從高墻鐵門後面時常會冒出幾分洋味來：洋歌曲聲、洋香水氣，外加幾隻油光水滑的洋狗。這裏的確住了不少洋人，他們多是英國人，也有法國人、美國人。

從三號到八號一連六棟房子，就是用李寶田名義購買的寶順洋行的産業。這六棟房子有兩棟已經住上了洋人，有四棟還空着。唐才常用高價租了兩棟，因爲一來靠近租界保險，二來房屋高大闊氣，能住幾十個人又不至於引人懷疑。

這時唐才常和林奎正好飯後聊天，林奎聽到墻外的剃頭聲，對唐才常説：『佛塵兄，你的頭髮怕有兩三個月没剃了吧，趁着這兩天有點空剃一剃，起義後那就忙了，没有工夫了。』

唐才常摸了摸頭頂，又摸了摸下巴，笑了笑説：『上次的頭還是在開國會之前剃的。頭髮都有寸多長了，是該剃了。把剃頭匠叫進來吧，你也剃剃，樓上還有幾個兄弟也都來剃個頭。』

林奎走出大門，對着街那邊喊道：『剃頭的，到這裏來！』

『來囉！』

剃頭匠高興地挑着擔子過了街，隨着林奎走進了寶順里七號。進了大門後，他又四處張望了一下。這座房子有樓地二層，樓上有四個窗户，估計有四間房，圍着樓房的四周種着花草樹木，還有鋪着鵝卵石的彎曲小路，是一座很典型的洋樓。剃頭匠邊走邊跟着林奎進了房。這是一個很大的廳堂，左邊、後邊也有房子，估計是廚房餐廳等。

廳堂裏的靠背椅上坐着一個壯碩的三十多歲的漢子，見剃頭匠來了，便招招手，説：『給我剃。』

剃頭匠見那漢子，心中一喜：正是他！原來，這剃頭匠就是大根裝扮的。那天唐才常、傅慈祥進督署時，他遠遠地見過。見眼前坐的正是唐才常，心裏想：原來這個兩湖書院的士子竟是會黨的大頭目，讀書人正路不走走邪路，真可惜。大根小時跟着父親跑江湖，三十六行，他懂一半，於是自告奮勇裝了一個剃頭匠來踏水路，果然一脚便踏進了賊窩。

大根走到唐才常的面前，給他繫上圍布，又拿出毛巾來將他的頭髮打濕，從布袋裏取出一把明晃

晃的剃頭刀來，掛出尺把長的磨刀布，刀在上面來回地刮了幾下，一副架勢十足的老剃頭匠的模樣。

『師傅哪地方人？』唐才常和大根聊起天來。

大根答：『小地方，直隸鹽山小羊莊的。』

大根本是南皮人，怕引起懷疑，臨時換了南皮的鄰縣。『刷，刷』，大根開始在唐才常的頭上動起刀來。

『家裏的日子還過得下去嗎？』唐才常又隨口問着。

『不瞞老爺說，家裏的日子苦，不得已纔挑了這擔挑子，從直隸來到湖北，混口飯喫。』

唐才常閉着眼睛，讓大根一刀刀地剃着。他是個耐不了寂寞的人，没多一會兒又問：『你也唸過書識過字嗎？』

大根説：『老爺，俺命苦，三歲死了爹，五歲娘改嫁，討飯長大的，哪有機會讀書識字。俺是一天學堂門没進，自家的名字還認不得哩！』

唐才常心裏想：是個不識字的人就好，不然還得提防着他。

頭剃好了，大根又給唐才常修臉。唐才常忍不住又開口閒聊：『聽到你們老家鬧義和團的事嗎？』

『聽過，聽過。』大根操着道地的直隸西部一帶的土音説，『聽説俺們老家就有好多個義和團哩，他們後來還到京城打洋人去啦。聽説洋兵把京城佔了，太后、皇上逃跑了。老爺，這大清的文武百官和軍隊都是太后、皇上開的餉，眼下，他們有難了，怎麼就没有人去救他們呢，您説這是個什麼理！』

唐才常心想：這個剃頭匠都曉得要救太后、皇上，比那些當官的、喫糧的良心要好得多。

正打算多説幾句，突然，傅慈祥風風火火地走了進來，手裏提着一個布兜。他來到唐才常面前，

第十八章　互保東南

興奮地説：『都刻好了，全在這裏。』

唐才常也露出高興的神色説：『師傅停一下。』

大根停了手中的剃頭刀。

『字刻得怎麼樣，有印樣嗎？給我看看。』唐才常朝着傅慈祥伸出手來。傅慈祥望了望大根，猶豫着。

唐才常明白傅慈祥的意思，心裏想剃頭匠不識字，不必防他，便説：『不礙事，你拿出來給我看看。』

傅慈祥從布兜裏掏出一張紙來，揉平了，遞給唐才常。大根兩隻眼睛也趕緊瞟過去，這一瞟把他給嚇住了。原來那張紙上蓋的是四個鮮紅印信。一個三寸長寬的方印上面刻的是：中國國會分會駐漢之印。三個兩寸寬五寸長的條印分别刻的是：中國國會督辦南部各省總會關防，中國國會督辦南部各路軍務關防，統帶中國國會自立軍中軍各營關防。

唐才常笑着説：『這廖麻子的字刻得還蠻像個樣子，今後還叫他多刻幾個。』

大根問：『老爺，臉還刮嗎？』

唐才常摸了摸臉頰，説：『不刮了，不刮了，我要辦事了。』

説着從口袋裏摸出十文錢來問：『够嗎？』

『够了，够了。』

大根收下錢，挑起擔子，慢慢地走出大門，一離開寶順里巷口，便飛起腳步向江邊走去。

這天半夜，江漢道稽查長徐昇帶着五十多個兵丁奉湖廣總督之命，並帶着英國駐漢口總領事法磊斯親筆簽署的搜查證，突然包圍了寶順里七號樓。唐才常、林奎、傅慈祥等人正在睡夢中，在一片兇

狠的喝叱中被如狼似虎的兵丁捆綁起來，同樓的十餘個自立軍小頭目除一人逃跑外全部被捕。

徐昇領着人將樓上樓下六七間房子仔細搜查，在這裏起獲了大批非法物品，包括數千張未發出去的富有票，六十餘支後膛長槍，七箱子彈，一大卷安民告示，以及大大小小的自立軍旗幟、花名冊和下午剛刻好的四顆印信，還有十多封康有爲、孫中山寫給唐才常、傅慈祥等人的信件。第二天，又根據綫索，在英租界李慎德堂逮捕了十多個自立軍骨幹。

江漢道稽查長徐昇初審後，呈文報告張之洞。張之洞面對着這道呈文，整整思考了半天。不是不好定罪，罪證是明明白白的：憑富有票，可定會匪罪；憑槍支彈藥和安民告示，可定謀反罪；憑康有爲、孫文的信件，可定康黨孫黨頭領罪。無論哪一項，都是死罪，殺無赦，這是毫無疑義的。張之洞的顧慮有兩個：一是唐才常、傅慈祥這兩個總頭目，就在半個月前還以學生的身份在督署和他聊了一個下午的話，而且説的又是獨立勤王等等。儻若他們在審訊時，對這事大加渲染，那將十分麻煩。第二，按照慣例，這種謀逆大案，必須是總督和該省巡撫同堂共審。湖北省的巡撫譚繼洵受兒子的牽連，前年便革職回瀏陽老家去了，接任的是于蔭霖。

于蔭霖是張之洞十分器重的人。早在光緒七年，張之洞初任山西巡撫時，向朝廷臚舉賢才的名單中，便有時在詹事府任職的于蔭霖，稱讚于：『學術純正，直諒篤實，正色立朝，可斷大事。』身爲著名清流的張之洞的這個臚舉，對于蔭霖的仕途十分有利。十幾年間，他從道員到臬臺到藩臺，官運很順。譚繼洵革職後，張之洞向朝廷薦舉了時任安徽藩司的他。張之洞原以爲于蔭霖會很合作地與他在武昌共事。不料，于蔭霖深受傳統理學禁錮，對外國人和洋務存着很深的偏見。他不認爲洋務是導中國於富强的道路，因此對張之洞在湖北所從事的洋務活動極爲反感，甚至説引進洋務是以夷變夏，

這使得張之洞大爲失望。于蔭霖又秉性耿直，將公與私劃分得一清二楚：他感激張之洞對他的薦舉，却並不因此而放棄自己的理念附和曾有恩於他的人。張之洞對薦舉于蔭霖來湖北很是後悔。但于蔭霖清正廉潔，勤於政務，張之洞一時也找不出理由來趕走他，衹得隱忍着與他共事。

與這樣一位人物來共審此次大案，一向我行我素的湖廣總督心裏不免有幾分擔憂。因爲從初審的結果來看，一共捕捉的二十八名犯人中，兩湖書院的學生除唐、傅兩人外，還有三人，另有四人爲湖北武備學堂的，有二人爲湖北自强學堂的，兩湖、武備、自强都是張之洞所創辦的以西學爲主的新式學堂，老百姓稱之爲洋學堂。另外還有九名時務學堂的學生。當年陳寶箴在長沙創辦時務學堂，張之洞也是極力支持的。加上這九人，二十八名犯人中從洋學堂裏走出來的竟佔了二十名。而這九名時務學堂的人又都是唐才常的學生，唐才常又是張之洞的學生，如此説來，這二十人都是張之洞的弟子及再傳弟子。

儻若于蔭霖出於厭惡洋務西學的角度，如此這般地將他與這批犯人聯繫起來，並進一步全盤否定湖北的洋務事業，那就慘了。如果再遇到怨敵，又將于蔭霖的告發接過去，把這事與楊鋭、袁昶一綫串連下來，在太后面前告他一狀，他張之洞能擔當得起嗎？想到這裏，張之洞不覺有點發怵。

他把他視爲智多星的梁鼎芬召來，與他商議。梁鼎芬想了想説：『香帥，這樁事你就交給我吧，由我來處理。』

梁鼎芬充當兩湖書院山長多年。他不是一個純粹的文人，渴望掌實權，做方面大員。張之洞知道他的心思，早已許下了他的武昌道的職位，但他至今尚未掌上武昌道的印。他希望藉此機會再立一個大功，以便早日做個真正的道臺大人。他身爲兩湖書院的山長，自然也不希望書院裏出康黨和孫黨，

他的第一個想法是勸唐才常、傅慈祥二人放棄兩湖書院的學籍。

梁鼎芬青衣小帽來到武昌縣監獄，不惜降尊紆貴，在充滿霉味的破爛單身牢房裏，接見手脚都鎖了沈重鐵鏈的唐才常。

『還認識我嗎？』梁鼎芬面色溫和地問。

自譚嗣同就義後，唐才常早已置生死於度外，雖蹲在牢房裏却心如常態，照喫照睡，並不焦急，所以看起來，除開衣服撕裂了，髮辮零亂些外，神色依然和平時一個樣。他看了看坐在對面的梁鼎芬，說：『我怎麽不認識，你是節庵山長嘛！』

梁鼎芬皮笑肉不笑地說：『離開兩湖書院好幾年了，你還認得我，我這個山長也没有白做。不過，我倒希望你，不認識我爲好。』

唐才常哈哈大笑：『你是怕我唐某人壞你大山長的名聲是吧！』

說完這句話，他收起笑容，辭色峻厲地說：『可惜我大業未成。若勤王成功，衹怕你到處宣揚還來不及哩！人世勢利，此又是一明證！』

梁鼎芬被唐才常這一番搶白弄得很尷尬，略爲定定神後，說：『此刻，你我師生之間，坐在牢房說話，完全可以拋棄往日書院裏的那一套僞裝。我身爲兩湖山長，比你癡長近十歲，書籍和世事都比你多接觸一些。我實話對你說，平時書院裏所講的那些聖人說教，乃是爲人的極端境地。這個極端境地，莫說我們這些凡夫俗子做不到，聖人自己也未必就做得到。孔老夫子見到國君就大談仁政，見到小吏則掉頭不顧，這說明他也勢利。至於朱老夫子，還有人說他與兒媳有染，在品行上那就更糟了。你說得對，人世間本就是勢利的。你要幹大事，先要做好成者王侯敗者賊的準備。好比說，你此番勤

第十八章　互保東南

王成功了，你就會拜將封侯，史册上你就是大英雄，不僅我梁某會四處宣揚你是兩湖書院出身的人，連張香帥也會以你爲榮。如今你失敗了，官書文册上自然會寫你爲奸賊。我們這些喫官家飯的，自然要想方設法與你劃清界綫，越遠越好，不僅我梁某人，張香帥也是如此。跟你說句實話吧，我今日來會你，就是秉的張香帥的鈞命。』

唐才常冷笑道：『罷，罷，你對包括我在內的成百上千兩湖學子說了多少套話假話，今天總算說了幾句真話。你就實話實說吧，你今天來見我，到底爲了什麽？』

梁鼎芬抹了抹額上的虛汗，說：『事到如今，我也不打彎子了，我跟你說實話吧。不是爲我，是爲張香帥。湖北撫臺于大人跟張香帥有點不對，爲防他加害張香帥，在督撫公審的時候，請你幫張香帥一把。』

『哼！』唐才常說，『我一個階下囚，能幫他制臺大人什麽忙？』

『能幫，能幫。』梁鼎芬連連說，『你衹要在公審時承認你不是兩湖書院的唐才常就是了。』

唐才常氣得大聲道：『我不是唐才常，那我是誰？』

『你說你是自立會的首領，冒了唐才常的名。』

唐才常笑道：『我既是自立會的首領，又是唐才常，我什麽人的名也没冒。』

梁鼎芬急道：『衹要你在出審時這樣說就行了，也不是真要你脫離你的唐氏宗族。』

唐才常見梁鼎芬這個模樣好笑，便逗他：『我若這樣說了，會給我什麽好處？』

梁鼎芬喜道：『你若這樣說了，張香帥就不殺你了。』

唐才常又是一陣大笑：『梁山長，你這是在哄三歲小孩。我既然承認是自立會首領，就已經把頭

第十八章　卫保東南

一五○

送到砍刀之下，還有什麼不殺頭的？告訴你，我唐某人可比得上古之豪傑，乃今之英雄，行不改名，坐不改姓，隨你刀劈火燒，我到哪裏都是唐才常，決不會承認是冒名頂替的人。』

梁鼎芬眼睛盯着唐才常，一時說不出話來。

『佩服，佩服！』過了好久，梁鼎芬纔言不由衷地說道。

唐才常掉過頭去，不再理會他。

梁鼎芬又想出一個主意來：『你不願委屈自己，我也不勉强，如果你能在審訊時說上一兩句兩湖書院曾對你教育甚多，是你自己背棄了師長之教這樣的話，也就是幫了張香帥的忙。』

『不行。』唐才常斷然拒絕，『我勤王有什麼錯？難道說兩湖書院教育我不忠於皇上，我忠於皇上是背棄了師長之教？』

『當然不能這樣說，不能這樣說。』梁鼎芬急忙打斷唐才常的話。

『那我說什麼？』唐才常反問。

兩湖書院山長語塞了。他知道，唐才常已是鐵了心，要學他的朋友譚嗣同，甘願將這顆頭顱抛掉。對於一個不畏死的人來說，還有什麼可以打動他的心呢？猛然間，梁鼎芬有了主意。

『佛塵先生，你的公子多大了？』

『今年九歲。』唐才常似乎意識到了什麼，忙說，『我一人犯法一人當，要殺要剮由你們的便。你們不要連累我的兒子，也不要連累我的父母妻室。』

梁鼎芬聽了這話，心裏得意了：『佛塵先生，你犯的是謀逆造反大罪。按國初的律令，是要滿門抄斬的。太后寬仁，即便不殺你的兒子，也要叫地方官嚴加管束。你的兒子能留下一條命爲人做奴，

便是最大的福氣了，要想今後有所出息，那是絶對不能指望的。』

唐才常心裏冒出一絲悲涼來。他自己是早已不顧惜這條命了，但貽禍兒子，他却深爲沈痛。他也曾作過兩手準備，擬交一筆銀子給弟弟，萬一事不成，則託弟弟帶全家老小逃到香港或澳門去，但銀子一直等不來，這件事也便没辦。唐才常是條硬漢子，儘管心裏很痛苦，但他不想求梁鼎芬。他知道梁鼎芬將會藉此爲要挾，自己若答應將會於大義有虧。

梁鼎芬早已從唐才常的眼神中看出了他的心思，心裏有了把握：『我知道你既不願害了兒子，又不願得罪你的黨衆，我爲你想了一個兩全之策。公審時，既不要你說是冒名頂替，也不要你說兩湖書院的好話，衹要你什麼話都不說，任于撫臺如何問你逼你，你都不開口。你做到了這點，張香帥就保證此案不牽連你的父母妻兒，你的九歲兒子可以由你的兄弟帶出國門，張香帥可以保證他的安全。』

這個條件，唐才常可以接受。

『梁山長，你說的話算數吧！』

『一定算數！』

『好，我同意。』唐才常雙目如炬地望着梁鼎芬，『假若你們說話不算數，我的父母妻兒有什麼好歹，我的魂靈決不會饒過你們。我唐才常生爲人傑，死爲厲鬼，你們是對付不了的。』

梁鼎芬感覺到了森森冷氣：『你放心，你放心，我們說話是算數的。』

停了一會，唐才常說：『我没有什麼東西送給我的兒子，今當永別，我作兩首詩，你幫我記下來交給他，就當我送他的禮物。』

『行，行，我會照辦的。』

梁鼎芬邊説，邊吩咐牢卒拿紙筆。

『你唸吧！』

唐才常將這兩天在牢房裏想好的兩首七絕一字一句地唸着，梁鼎芬邊聽邊記：

新亭鬼哭月昏黃，我欲高歌學楚狂。
莫謂秋風太肅殺，風吹枷鎖滿城香。

徒勞口舌難爲我，剩好頭顱付與誰？
慷慨臨刑雖快事，英雄結束總爲斯。

當梁鼎芬把與唐才常的談話原原本本地告訴張之洞時，張之洞的心裏湧出一股又恨又敬、又氣又憐的複雜情感來。

人們都説湘人倔强，從唐才常的身上，張之洞算是領教了。按湘人的性格，如此倔强漢子能作這種交換已是不錯了。他不説任何話，自然也就不會説起進督署遊説的事。如此，麻煩就可以少去許多。

無論是從牽涉到自身這一層來考慮，還是從牽涉到牢房外面數萬名會衆來考慮，唐才常、傅慈祥等二十多名囚犯都不能羈押過久，處理得越快越好。這樣想過之後，他突然冒出一個對付于蔭霖的好法子來。

張之洞拿出一張紙，給于蔭霖寫了一封短函，告訴他近日破獲的自立軍案是一樁特大謀逆案件，與海外的康黨孫黨、省内外的哥老會大刀會聯繫密切，案情極爲複雜，現正在抓緊時間清理頭緒，定於五日後即八月初一日與貴撫臺在督署會同審訊。張之洞將這封短函封好後交何巡捕趕緊送去。

于蔭霖看到張之洞的信後，決定這兩天把手頭的事先行了結，從二十八日開始，用三天時間查閲此次案件卷宗，以便心中有數，會審時能有的放矢。

不料，第二天半夜，于蔭霖被督署來人從睡夢中叫醒。來人氣喘吁吁地告訴他，一個小時前，有一隊人馬打劫牢房，要營救被抓的自立會大小頭目，已被撫標官兵們擊退。張制臺深感事態嚴重，不能再拖了，請于撫臺連夜過去公審，立即處決，以絶後患。于蔭霖被弄得昏昏沈沈的，但事關劫獄大案，他不能拒絶張之洞的相邀。帶着瞌睡蟲，坐着大轎，一路上迷迷糊糊地來到總督衙門口時，衹見燈火明亮，刀槍林立，一副如臨大敵的戒嚴狀態。來到大堂時，更是氣氛恐怖，刀斧手兩旁侍立，殺威棒黑白分明，張之洞全身穿戴，正繃緊長臉，瞪着大眼，兇神惡煞般地坐在大堂正前方左邊的虎皮太師椅上，右邊椅子也鋪了一張特大的虎皮，虎頭上瞪着兩隻嚇人的眼睛，散發出令人毛骨悚然的猙獰之氣。這虎皮椅刺目地空着，顯然是爲于蔭霖留下的。

『于中丞，坐吧！』張之洞指了指右邊的空椅，依舊是黑着面孔，一點笑容都没有。

巡撫與總督，官銜上雖差了一級，但並不是上下屬，彼此相見，得以平級之禮相待。儻若在平日，張之洞這樣做，於禮儀上不合，但今日這種場合，却没有什麽不合的痕跡，反倒與周圍的氣氛相一致。于蔭霖面對着這一切，心中突然有一種底氣不足之感，好像是張之洞在爲國宣勢，而自己却在一旁悠閒似的，未會審，氣勢上已先矮了一截。他匆匆拱了拱手，賠着笑臉：『兄弟來遲了，來遲了！』看了看椅子上躺着的真虎皮，書生出身的于巡撫情不自禁地生出一絲恐怖感來。

張之洞却無笑臉相迎，也不同他商議，立刻拿起驚堂木來猛地一拍：『將犯人帶上來！』

在滿堂吆喝聲中，唐才常、傅慈祥、林奎等一長串人魚貫而上。燈火閃爍中，除唐才常神色如常

外，其他人多少都有些沮喪頹廢之色，有的兩腿發軟，要靠獄卒扶持着纔能邁開步，有一個後生子居然在大堂上放聲痛哭起來。

『不要哭，大丈夫死則死矣，不可示人以弱！』唐才常壓低着聲音，威嚴地對着哭者說。

後生子趕緊閉了嘴，却還在不停地抽泣着。

張之洞滿臉兇惡地掃視衆犯人一眼，提高嗓門喝道：『你們這些無父無君、無法無天的匪徒們聽着，你們不好好交代罪行，竟敢勾結牢外會匪强盜，打劫牢房，這是罪上加罪，死有餘辜！老實告訴你們，本督軍隊天下無敵，你們那些烏合之衆，豈能成事？衹能適得其反，加速你們的滅亡。你們已死到臨頭了，還有什麼話說？』

二十多個自立軍大小頭目一齊望着唐才常，唐才常平静地冷笑着，不做聲。什麼勾結牢外會匪，什麼打劫牢房，他一點都不知道，無從辨別是真是假，他能說什麼！

見堂下一片死寂，張之洞轉臉對于蔭霖說：『于中丞，你有什麼話要問他們，請說吧！』

這于蔭霖半夜三更被弄到總督衙門來，腦子裏本就暈暈乎乎的，不太清醒，面對着這個劍拔弩張的場面，先又輸了一籌，再說原本明天纔看卷宗的，眼下被急忙叫來，對案件的來龍去脈一點都不知曉，叫他如何審訊？于蔭霖衹聽說這樁案子的總頭目叫唐才常，是從日本回國的洋學生，便硬着頭皮叫了一聲：『誰是唐才常？』

『我就是！』唐才常不慌不忙地應了一聲。

『什麼地方人，今年多大年歲了？』

『湖南瀏陽人，今年三十三歲。』

『你爲什麼要聚衆造反，你和康有爲、孫文是什麼關係，從實招來！』

唐才常覺得問這些話真是可笑，不值得回答，况且他與梁鼎芬有約在先，遂閉口不做聲。

于蔭霖氣道：『你爲什麼不回答本部院的問話？』

唐才常用蔑視的眼光看了一眼于蔭霖，仍舊不開口。

『唐才常，你在哪裏讀過書，是怎麼去的日本？』

一旁站着的梁鼎芬心裏緊張了：不知這小子說話算不算數，如果他把一切都和盤托出，那就糟了。這樣想過後便趕緊思考對策。

張之洞也有幾分擔心，見幾秒鐘過後唐才常仍不開口，便轉過臉問于蔭霖：『這班人是死心塌地要與朝廷對抗到底的逆賊，劫牢的匪衆揚言下次還要再來，本部堂以爲宜早處置爲好，免生意外。于中丞，你看呢？』

唐才常一問三不答，已令于蔭霖惱火了，何况他對案情本就一概不知，再審下去也無詞了，衹得說：『就按香帥的意見辦吧！』

張之洞站起來，對着兩旁的刀斧手喝道：『把他們押出去！』

『慢點。』唐才常突然開口了，令張之洞和梁鼎芬一驚。

于蔭霖忙揮手制止刀斧手：『他有話說，讓他說吧！』

梁鼎芬瞪着眼望着唐才常，心裏罵道：這小子說話不算數，我要讓你死得不痛快！

衹見唐才常緩緩說道：『拿一支筆和一張紙給我！』

于蔭霖對着一旁的衙役說：『拿紙筆來！』

張之洞心裏雖有點急，但他不能阻止于蔭霖，衹得暗自叫苦。

紙筆拿來了。唐才常接過筆，叫衙役把紙在地上鋪平。唐才常望了一眼兩位主審官後，揮筆在紙上寫道：

湖南丁酉拔貢唐才常，爲救皇上復仇，事機不密，請死。

張之洞看了這行字後，心裏大舒了一口氣，對唐才常説：『好，本部堂成全你！』

然後再次命令刀斧手：『都給我押下去！』

七月二十八日凌晨，唐才常、傅慈祥等二十八人，在武昌小朝街旁的紫陽湖畔被殺。

過幾天，于蔭霖得知這二十八名死犯中有二十名系洋學堂畢業，而且唐才常、傅慈祥二人還以學生身份遊説張之洞時，心裏十分惱恨張之洞那夜突然襲擊似的會審，使得他没有充足的時間做準備，白白失掉一個當着張之洞的面批判洋務西學的好機會。

但他還是補上一個摺子，藉自立會案件提醒朝廷，洋學堂有培養叛逆的可能，必須多加提防，嚴格控制，衹是因爲没有拿到活口，不能坐實遊説總督一節。于蔭霖與張之洞之間的矛盾越結越深，終於在第二年被張之洞藉故請出了湖北。

唐才常式的在野勤王活動被殘酷地鎮壓了。與此同時，一場由各省地方官發起的官方勤王戲却在熱火朝天地上演着。

五　請密奏太后，廢掉大阿哥

七月二十一日，天色未明時，當得知洋兵已攻破廣渠門，城内已無任何守兵時，慈禧着青衣布履，裝扮成一個民間普通老太婆，帶着身穿布袍仿佛坊間店鋪小夥計似的光緒皇帝，匆匆忙忙地逃出紫禁城。慈禧在一片慌亂之中，什麽都顧不上了，却没有忘記對她的眼中釘、她侄女的情敵、皇帝的寵妃珍妃以懲處。她命令宫中二總管崔玉貴將披頭散髮的珍妃活生生地推進頤和軒後的一口水井中。這口日後以珍妃命名的枯井，成了中國封建時代衆多帝妃愛情悲劇的最後一個實證。它以無比的悽艷，引發多情憑弔者和文人墨客的不盡咏嘆。

隨着慈禧和光緒逃出的還有皇后、大阿哥及載漪、善耆、奕劻、載勛、載瀾等王公和剛毅、趙舒翹、英年等大臣。他們一行出居庸關，至懷來縣，然後向西逃命。這一群往日養尊處優、錦衣玉食的帝后王公大臣們，在逃命的途中提心吊膽、飢寒交迫，若用舊時説書人常説的『惶惶如喪家之犬，急急如漏網之魚』來形容他們，一點也不過分。直到他們逃到山西境内，纔略爲安定下來。

這時，由盛宣懷居中串聯，李鴻章、劉坤一、張之洞、袁世凱等督撫連名上摺，請嚴懲縱容拳民闖下滔天大禍的肇事魁首載漪、載瀾、載勛、剛毅、英年、趙舒翹等人。慈禧見此奏摺，頗爲不悦，爲應付悠悠衆口，衹對他們予以口頭斥責，即便這種處罰，也將大阿哥的父親端王載漪排除在外。至於各省的勤王舉動，慈禧則歡喜無已。

最先向慈禧表忠心的是甘肅藩司岑春煊。這位前雲貴總督苗人岑毓英的大公子，早年是有名的京城惡少，以性格暴烈、膽大妄爲、揮金如土、賓客如雲爲人所樂道。後來收斂惡習，走入仕途，居然官運亨通，三十多歲便做了方伯大員。岑春煊看出落難的慈禧、光緒奇貨可居，便向陝甘總督陶模請求親自帶兵前去保駕護衛。當時慈禧一行正在直隸，要護駕也自以調直隸的兵爲近，用不着甘肅的兵馬去越俎代庖，岑春煊此舉無非是想譁衆取寵。但他旗號打得堂皇正大，陶模不得不准，便撥給他兵

馬二千，餉銀五萬。岑春煊携銀帶兵，日夜急馳，在直隸宣化縣境內迎上了慈禧的車駕。

慈禧再要强，也是個女人，何況又是一個望七之年的老女人，當此窘迫危難之際，忽見一支人馬前來保護她，怎能不感動，不感謝？當岑春煊跪在她面前，大聲叫『臣甘肅布政使岑春煊從蘭州帶兵前來保護皇太后、皇上，誰敢動太后、皇上一根毫毛，臣與他血戰到底』的時候，慈禧禁不住放聲大哭，以至於走到岑春煊的身邊，摸着他的頭說：『想不到我們母子遇此大難，差一點就見不到你了。大清朝文武官員成千上萬，惟獨你有這顆忠心，千里迢迢趕來護駕，我們母子不會忘記你的。』

慈禧這一哭，將那些跟隨她一起逃難的王公大臣們也引得痛哭起來。岑春煊没料到一向威嚴不可侵犯的太后如此失態，也没料到一向威風凛凛的王公大臣們如此脆弱，心裏對自己的這個決定十分得意。他也一邊大哭，一邊說着諸如赴湯蹈火、粉身碎骨也要保護好聖駕的話。慈禧當即任命他爲督辦糧臺大臣，負責警衛料理整個逃難人馬的安全及生活等一切事項。轉眼之間，一個小小的布政使便成爲大清帝國流亡政府的實際控制人了。

岑春煊的這一創舉點撥了各省的督撫將軍們，他們猛然間仿佛都醒悟過來了：常言說飢者易爲食，寒者易爲衣，如今則是落難者易爲功呀！這個『冷竈好燒』的極淺道理怎麽都忘記了，却讓那個廣西苗子昔日惡少佔了頭功！

於是，不僅較近的山西、陝西、甘肅等省，就連較遠的河南、青海、四川也都紛紛勤王或送各種喫穿日用物品。自從進了山西之後，因爲各省勤王人馬物品源源不斷地到來，流亡途中的太后、皇上也逐漸恢復元氣，小朝廷也日益像個樣子了。慈禧令奕劻、李鴻章等人進京與洋兵談判，自己帶着日趨龐大的隊伍繼續西行，在老太婆的心理上，是離北京越遠越安全。

第十八章 互保東南

遠在蘇州城裏的蘇撫鹿傳霖，也悟到『勤王』是一條日後升官捷徑，不顧六十五歲的高齡，親自帶着一千五百名士兵及三吳珍稀特産，日夜兼程北上，終於在秦晉交界之處追上了浩浩蕩蕩西幸的車駕。鹿傳霖臨出發前，給妻弟一封信，希望張之洞也能於勤王有所表示。

這天，張之洞看了信後，順手遞給坐在一旁的辜鴻銘。

『香帥，這可是個好機會，你也可學鹿中丞的樣，自帶一支人馬北上護駕。這個功勞，太后、皇上日後會記一輩子的。』

辜鴻銘看完信後，笑着對張之洞說。

張之洞知道辜鴻銘是在調侃，在他心裏，對鹿傳霖親身勤王也不大以爲然，但嘴巴上免不了對姐夫作一番辯白：『你不知道，我這個姐夫雖是個文官，弓馬功夫却是自小就練就的，好得很哩。他二十歲那年，隨父住在貴州都匀府，當地苗民作亂，圍攻府城，他父母被苗民戕害。他一個人殺出重圍，飛馬百里外搬來救兵，到底把苗亂鎮壓下去了。他有這等武功，自然可帶兵勤王。我這個制臺，雖是統率水陸幾萬軍隊，其實手無縛鷄之力，不能跟他比。』

辜鴻銘收起笑容：『你就是有鹿中丞那樣的武功底子，我想你也不會親自帶兵去勤王的。』

『何以見得？』張之洞在公務空暇中是很樂意與這位混血幕僚聊天的，跟他閒聊輕鬆坦率，用不着半點防備和僞裝。

『因爲太后身邊有一大批混蛋在包圍着，你去了會覺得憋氣，不舒服。你在這裏做武昌王做久了，怎麽習慣得了在那群既令人瞧不起但又不得不對他們客氣的窩囊廢中過日子！』

『還是你辜湯生知我！』張之洞笑了一下後又嚴肅地說：『勤王與懲辦肇事者，這兩樁事還得分

開，假若太后皇上有旨讓我帶兵去衛駕，我張某人還是會去的。祇是眼下湖廣還離不開我，自立會餘黨，哥老會的匪徒們還在伺機復仇。』

『香帥，我有一個兩全其美的好主意。』辜鴻銘突然興奮地提高了嗓門。

張之洞興趣盎然地笑望着這位怪才，不知從他的口裏又要蹦出什麽驚人之語來。

『你上個摺子給太后、皇上，請他們乾脆到武昌來住，立武昌爲陪都。强龍壓不過地頭蛇。到那個時候，端王也好，莊王、肅王也好，統統都得服從你這個武昌王。』

『哈哈哈！』張之洞被辜鴻銘這極富創意的設想，弄得快樂地大笑起來。他連連拍着辜鴻銘的肩膀説：『湯生，你這個主意好得很，那咱們就擬稿嗎？』

辜鴻銘也快活得像個孩子似的：『我先擬個英文稿，再請念礽把他翻成中文。』

『你這真正是脱掉褲子放屁！』

聽了總督這句粗鄙的話，辜鴻銘笑得眼淚水都流出來了：『香帥，這句話英文裏也有類似的表達，它是這樣唸的。』接着一陣咕嚕咕嚕的洋話，從辜鴻銘的口裏放水似的汩汩流出，張之洞自然是什麽也聽不懂。

正在笑得舒暢的時候，梁鼎芬拿着一封信進來，對張之洞説：『香帥，有一位特别人物，過幾天要到武昌來拜會您。』

張之洞説：『什麽人，讓你這樣神神兮兮的？』

梁鼎芬説：『此人雖祇是一個知縣，眼下却是太后最爲親近和相信的人。他在太后的眼中，任哪一位王公宗室都不能相比。香帥，這裏有一封信，你請看吧！』

梁鼎芬從信函裏抽出一大沓紙來，正要遞過去，張之洞説：『這麽長的信，我不看了，你説説吧！』

辜鴻銘説：『我可以坐在這裏旁聽嗎？』

梁鼎芬笑着説：『還正要你辜湯生坐在這裏，我纔會説得起勁哩！』

辜鴻銘喜道：『節庵在賣關子，這裏面一定有好故事聽。』

梁鼎芬坐下來慢慢説：『這個人名叫吴永，字漁川。他是浙江人，却生在四川，長大後又客居湖南長沙，因此而有機會從郭嵩燾侍郎遊，又由此而到了曾紀澤侍郎的門下，並且得到小曾侯的賞識，做了他的乘龍快壻。』

辜鴻銘瞪大了眼睛插話：『這樣説來，他是曾文正公的孫女壻了。』

『正是。』梁鼎芬點頭。

『那我要見見他。』辜鴻銘十分認真地説。

張之洞笑道：『辜湯生近世什麽人都不敬仰，惟獨敬仰曾文正公，可惜没有機會見到他本人，又没機會見到他的兒子。這次又可惜，來的不是孫子，而是孫女壻。孫女壻的身上是找不到曾文正公的痕跡來的。』

『這大概就是愛屋及烏吧！』辜鴻銘自我解嘲，『他是曾文正公孫女的丈夫，多少總通了點曾家的氣吧！』

大家聽了這話，都笑了起來。

梁鼎芬繼續説：『前幾年他被朝廷授爲懷來縣知縣。太后、皇上這次離開京城，第一站便是懷來。

老天爺成就了他，讓他成了第一個接駕的朝廷命官。吳永能幹，在極端困難的處境中盡力而爲。太后很滿意，就叫他跟隨身旁，一路西行，封了他個前路糧臺會辦。一路上，吳永成了太后得力的左右手，極受太后的寵信。這次他是以太后身邊人的身份來湖廣辦糧餉的。」

辜鴻銘説：「剛纔我還和香帥在説勤王的事哩，看來不必派人去了，接待好吳永就行了。」

張之洞説：「你怎麽知道得這樣多，這信是誰寫來的？」

梁鼎芬揚了揚手中的信説：「這信是湖南俞撫臺的公子俞啓元寫給我的，我曾教過俞啓元的古文。俞啓元現在和吳永一道會辦糧臺，二人同時被太后派出辦糧餉。一個去江南，一個來湖廣。俞啓元怕大家不了解吳永而怠慢了他，故給我寫了這封信，先通報一下。」

張之洞問：「吳永什麽時候到武昌？」

「初七八就會到了。」

張之洞説：「節庵，俞啓元既然寫了這封信給你，就麻煩你去接待他。對於這種人，自然不能怠慢，可安排他住在胡文忠公祠，並派兩個人在他身邊聽他使喚，待住下一兩天後我在督署衙門設便宴招待他。」

吳永説到就到了。梁鼎芬以接待欽差大臣的禮數接待他，將他安置在武昌城裏最好最安全的驛館——胡文忠公祠，又從兩湖書院抽調兩名略知文墨的僕人來專門服侍他。梁鼎芬鄭重告訴吳永：「明天晚上，張制臺在督署爲您接風。」吳永表示感謝。傍晚，臨離開胡文忠公祠時，梁鼎芬又悄悄對吳永説：「楚女又潑辣又風騷，要不要叫一兩個來陪陪？」

吳永微笑着摇了摇手。

第二天，湖廣總督中庭左側的宴客廳燈火通明，各種水陸佳肴擺滿整整一桌子，張之洞在這裏宴請來自太原行宮的要客吳永，陪席的有梁鼎芬、辜鴻銘、徐建寅、陳念礽、陳衍等人。三十六歲的曾門女婿不善飲酒，不到一個小時，飯就喫完了。張之洞把客人帶進小客廳，特爲泡好上等龍井款待這位祖籍浙江的不平凡客人。

張之洞笑着説：「漁川，包括梁節庵在内的我的這批幕友，都是没有見過太后和皇上的人。你在太后皇上身邊一個多月，而且又是在這種非常的日子，也可算是太后皇上的患難之交了。你跟各位隨便聊聊行在的情况吧！」

吳永説：「張大人言重了，我吳永什麽人，怎麽敢説是太后皇上的患難之交。這也是國家不幸，吳永萬幸，能有機會侍候太后皇上。也不知吳家哪輩子積下的陰德，讓我這個不肖子孫給遇上了。」

辜鴻銘早已急不可耐，搶先第一個説話：「我曾有機會見過英國女王維多利亞，儘管她那時已近六十却依然美麗過人、雍容華貴，她的氣質和風度是普通人所絶没有的。漁川先生，我想像中的皇太后應該也和維多利亞女王一樣，但我没見過，不知是不是一樣，你説給我們聽聽。」

在座的除張之洞外，誰都没有親眼見過皇太后，即便是張之洞，也不可能看清那個召見她時高高在上威儀赫赫的太后，他和衆幕僚一樣希望多瞭解這位大清國的第一人。他笑着對吳永説：「我這裏最是隨便，不受禮制和規矩的限制，這些人也都是些本分人，不會背後使絆子。你儘管放心大膽地説，不要有顧慮。」

吳永説：「有張大人這番話作擋箭牌，我就隨便和各位聊聊。但有一點，衹在這裏説，出門以後我就不認賬了，不要説這話是聽吳某人講的，到時我會賴賬的，各位就不要怪我不是君子了。」

衆皆笑起來。

吳永說：『懷來縣城離京城不過百把里路，京城內外都鬧義和團，懷來自然不可免，也被鬧得烏煙瘴氣。我知道洋兵正在打京城，整日裏惶惶不安。七月二十三日傍晚，正要喫飯的時候，突然有一人闖進縣衙門，說是有緊急公文，遞上來時，乃是一團粗紙，無封無面，像一團破絮似的。我將紙團展開抹平，一看，嚇了一跳。原來上面寫着，皇太后、皇上，滿漢全席一桌，慶王、禮王、端王、瀾公爺、倫貝子、軍機剛中堂、趙大人等各一品鍋。另隨駕官兵，不知多少，應多備食物糧草，上面蓋着延慶州州印。我忙問來人，這是怎麼一回事。那人說，兩宮聖駕已在離懷來縣城五十里的岔道口上過夜，明天就到此地。我心裏想，現在一切都亂了，哪裏去預備滿漢全席、一品鍋，得連夜佈置。天明即回城趕赴岔道口。巳正時，在途中遇到了兩宮聖駕車騎。待我見到太后時，哪裏敢認，那簡直就是一個逃荒的老太婆：頭髮蓬亂，面色蠟黃，衣衫襤褸，原來太后已是一天一夜沒喫過東西了。』

滿廳一片唏噓聲。

梁鼎芬問：『見到皇上了嗎？皇上如何？』

『皇上也一個樣。』吳永說，『我見到皇上時，他正站在太后的身旁，身穿一件半舊玄色細行湖縐棉袍，寬襟大袖，上身無外褂，腰上無束帶，頭髮有一寸多長，蓬首垢面，憔悴已極。』

辜鴻銘驚問：『七月下旬的天氣，皇上怎麼就穿棉袍了，我們現在還未穿棉袍哩！』

吳永說：『皇上身子骨極弱。以後的日子裏，在太后喫好睡好後，我纔發覺，太后其實是一個很好的老太太，既端莊秀美，又開朗健談。倒是皇上，一直是面色蒼白，一副病懨懨的樣子。』

陳念礽和辜鴻銘一樣也是好奇心極重的人，問：『漁川先生，你和太后、皇上朝夕在一起相處這麼久，你覺得他們跟我們普通人有什麼不同嗎？』

『我沒看出他們與普通人有多大的不同。』吳永說，『比如太后吧，她傷心的時候也會放聲哭，高興時也會絮絮叨叨地講個不停，與普通老太婆一個樣。剛見到她那一天，她說她想喫鷄蛋，我好不容易給她弄了五枚鷄蛋。她一連喫了三枚，給皇上留了兩枚，連說鷄蛋味道好，說好久沒喫過這麼好的東西了。這與餓極了的人喫個包穀也覺得好是一樣的。至於皇上，更是無任何威儀可言。無事時，他甚至會和太監一道坐在地上玩泥蛋，又喜歡在紙上畫各種大頭長身的鬼形，再扯碎扔掉。有時在紙上畫一隻烏龜，烏龜背上寫着他所恨的人，然後貼在墻上，用竹簽做小弓箭去射，再從墻上扯下，撕碎，讓它隨風飄去。』

說到這裏，吳永猛然記起曾經親眼見皇上在烏龜背上寫了一個人的名字，那是當今一位十分重要的人物。當然，這個名字是絕對不能說出的，今後若有可能，也僅僅衹能對張之洞一個人講。

衆幕友見大清國的九五至尊居然是這樣一個孩童般的人，都不可思議。有的人覺得有趣，有的人覺得滑稽，張之洞的心裏却憂心忡忡：從百日維新的急躁和而今的病態來看，從醇邸中走出來的這個皇上，很可能是個心志不健全的人。一旦老佛爺山陵崩，大清國將走向何處？

『漁川，我問你，皇太后一向精細明慎，這次爲何會上義和團的當？神靈附體、刀槍不入這等鬼話，太后當時是真的相信嗎？』

吳永說：『張大人你說得好，神靈附體，刀槍不入，這完全是鬼話，不是我自誇，懷來縣那些拳民也在我面前這樣裝神弄鬼的，我一概不信。太后當時怎麼會糊塗至此，我也納悶。我當然不敢問她老人家，我是後來慢慢從她周圍的人聊天說閒話中得知一二的。主要是兩撥人蒙騙了她。』

這可不是常人能曉得的宮闈秘密，大家都聚精會神地聆聽，尤其是辜鴻銘，瞪大那雙藍幽幽的眼睛盯着，讓吳永看了有點兒害怕。

『一撥人是剛毅剛中堂和趙舒翹趙大人。太后本是派他們兩人去涿州查看義和團實情的。端王是一心要用義和團，剛中堂迎合端王說拳民可用。趙大人是飽學之士，一見就知道拳民成不了事，但他是剛中堂引進軍機處的，不能抵觸剛中堂，回京禀報時含含糊糊，也沒說可用，也沒說不可用。太后聽了剛中堂的一面之辭，以爲拳民真的有神術。另一撥是宮中的太監們。不知什麽緣故，這些太監都沒有頭腦，都相信義和團那一套鬼把戲，許多太監都入了團，在園子裏設壇祭神靈。他們天天在太后面前說拳民們如何如何了不得，都說是自己親眼見的。你們想，三人都可以說成虎，幾十上百個太監都那麽說，太后怎麽會不相信？就拿火燒正陽門那件事說吧！義和團放火燒大柵欄一帶的教民住宅，火燒大了，一直燒到正陽門去了，這不闖了大禍嗎？拳民們也着急了。來了一個大師兄說，不礙事，我們請東海龍王來保護正陽門。於是所有拳民都席地而坐，跟着大師兄念念有詞，誰知不但東海龍王未請來，火反而越燒越旺，把正陽門燒成一座焦樓。拳民們嚇得全部逃走了。這本來是一個戳穿義和團花招的極好例子。不料，由太監口裏告訴太后的却變了樣。他們說本來海龍王要來的，因爲皇上不聽太后的話，要重用康黨，就不來了。火燒正陽門，是對皇上不孝的懲罰。太后聽了這話，不但不加懷疑，反而說神靈有眼，拳民可嘉。這兩撥人就這樣坑害了太后。』

客廳裏一片嗟嘆。

張之洞想，談論太后皇上太多了也不大好，而且他還要與吳永單獨密談在心裏琢磨了好久的一樁大事，於是起身說：『天很晚了，吳漁川還有許多事要辦，今夜就談到這裏吧。』

見總督發了話，衆幕僚們祇得脚跟脚退出客廳。

原來，吳永來武昌，是要向湖廣代流亡朝廷討五十萬兩銀子和十萬斤糧穀、五萬匹棉布綢緞。這事屬巡撫所管，吳永在湖北境內盤桓了半個月，多次拜會湖北的巡撫、布政使、糧道、江漢關道等要員，然後又南下洞庭，找湖南的地方衙門去了。

有一天，梁鼎芬悄悄對張之洞說：『香帥，您不知道吧，吳永現在與曾家已斷了關係。』

張之洞頗爲喫驚：『這話怎麽說？』

『他的夫人早幾年前就過世了。』

『夫人過世了，還有兒女呀，兒女跟外婆家的血脈是割不斷的。』

『可惜的是沒有兒女。』

一刻短暫的沈默。

張之洞說：『你去長沙住幾天，一則陪陪他，二則遇到方便時問問他想不想續弦。』

梁鼎芬說：『續弦是肯定想的，他還衹有三十六歲，且無子女，哪有不續弦的理。衹怕是曾經滄海難爲水，難有一個令他中意的人。』

張之洞說：『我叫你去長沙，也包含着這層意思，看他想要個什麽樣的人。』

梁鼎芬領了張之洞這道鈞命，在長沙整整陪了吳永半個月。兩人談古論今，詩詞唱和，居然成了很好的朋友。吳永將續弦一事委託給了他。

回到武昌後，梁鼎芬開始爲這事籌劃起來。他思忖着：吳永是太后的親信，又有曾家的背景，今後前途無量，自己若能與他將關係結牢的話，日後也算是朝廷有人了。這股肥水決不能流到外人田裏

去，我梁鼎芬要和他攀下這門親。梁鼎芬把自家親戚中的女人們都列出來，挑盡了三姑六婆後，倒真給他看中了一個人：他廣東老家遠房八姑今年二十二歲，因高不成低不就，早過了出閣年紀仍待字閨中，成了個老姑娘。梁鼎芬忙修書一封通過官驛寄回廣東番禺，不久後收到了回信。八姑家對這門親事滿意極了，若男方無意見，可即刻護送新娘子前來武昌完婚。趁着吳永尚在湖南的空當，梁鼎芬又去信老家，要他們去廣州城裏拍幾張照片寄來，把事情辦得儘量妥當些。二十多天後，照片寄來了，吳永也從湖南返回武昌。吳永看了照片，模樣端正，又是一個從没嫁過人的黄花閨女，且是梁鼎芬的親戚，很滿意。這時已到初冬季節了，張之洞於是邀請吳永乾脆在武昌度歲，年前完婚，過完年後再回到太后身邊去。吳永一口答應。

慈禧、光緒一行早已在九月初到了陝西西安府，便將西安當作行都，行使起朝廷的職能來。慶王奕劻和直督李鴻章奉命與八國聯軍總司令瓦德西爲首的洋人談判。洋人不但要賠四億多兩白銀，而且開出一長串名單來，指控這些人均爲肇事禍首，不殺不足以平各國之憤。奕劻、李鴻章看那名單，赫然列爲第一名的便是聖母皇太后她老人家，不禁驚得目瞪口呆，半晌合不得嘴。接下來便是端王載漪，莊王載勛，國公載瀾，軍機大臣剛毅、英年、趙舒翹，禮部尚書啓秀，刑部侍郎徐承煜，前山東巡撫毓賢，甘肅提督董福祥。

奕劻對瓦德西等人説：『禍首列太后之名萬萬不可，這於中國國情相悖太大，不但我們不能答應，即便皇上也不能答應。太后死，皇上存，皇上將有不孝大罪，勢必不能獨活於世。』

瓦德西説：『要説名副其實的禍首，還衹有你們這位皇太后够資格，其他人都是聽她的，衹能説是從犯。不殺她，怎麽説得過去？你們這個皇太后，我看還不如賽二爺，她的見識比皇太后的見識高得多。她請我不要殺老百姓，説老百姓無罪，罪在拳匪。這話有道理。』

賽二爺是誰？奕劻没聽説過。他討好地説：『賽二爺是哪家的公子，我要獎賞他！』

瓦德西哈哈大笑：『賽二爺不是哪家的公子，她是八大衚衕的妓女，一個會説德國話的可愛的女人，據説是你們以前駐德公使的夫人。』

將一個妓女拿來跟皇太后相比，不僅使奕劻，也使李鴻章氣憤不已。這簡直豈有此理，欺人太盛！奕劻、李鴻章恨不得將眼前這個可惡的紅毛藍眼魔鬼殺掉。但眼下他手裏有着一萬八千名手持洋槍洋砲威力無比的軍隊，殺人的刀把子不是在自家而是握在別人的手中。太后千叮萬囑和談衹准成，不准敗。没法子，衹得强咽下這個羞辱。奕劻賠着笑臉説：『無論皇太后有什麽差錯，都不能讓她承擔，衹要放她一馬，什麽話都好説。我們大清國有的是全世界都見不到的寶貝，您和各國將軍們要什麽，我們給什麽。』

李鴻章聽了這話不是味道。國家的寶貝怎麽能隨便送人，這些人都是貪得無厭的惡狼，他們的慾壑你能填得滿嗎？但奕劻是首席和談大臣，又是親王，何况這是救太后的事，李鴻章也衹得忍了。瓦德西獰笑道：『好哇，早就知道你們的寶貝多得很，拿寶貝來换皇太后的頭顱，也是可以的，但以下的那些人，是再也不能討價還價了。』

最後，雙方達成如下協議：中國賠銀四億五千萬兩，分三十九年還清，年息四厘，以關税和鹽税作抵押；劃東交民巷爲使館區，中國人不准居住；拆毁大沽至北京城防砲臺，外國軍隊駐紮北京和從北京到山海關沿綫十二個重要地區；永遠禁止中國人成立任何反對外國的組織，違者處死，若再發生此類事件，當地官員立行撤職，永不叙用；嚴懲載漪等十餘名禍首。

奕劻、李鴻章代表朝廷簽下這個中國有史以來最大的不平等條約。

作爲會辦和談大臣，張之洞除嚴懲禍首這點外，對條約中的其它幾條都很不滿意，尤其對賠款和駐軍兩條，更爲不滿。賠款如此之多，幾乎要把中國的元氣耗盡，『徐圖自强』目標的實現不知又要向後挪動多少年。在中國的土地上允許外人駐紮軍隊，這有喪失領土主權之嫌。張之洞致書奕劻、李鴻章，明確表示不能完全贊同的態度。

李鴻章想起二十多年來，張之洞一貫與自己唱反調，心中甚是不快。外國政壇上有鷹派、鴿派之説，李鴻章覺得自己是中國的鴿派之首，而張之洞處處跟自己爲難，是不是想當鷹派的頭領？他氣得對奕劻説：『這個張香濤，還是當年那一副書生做派，做了十七八年的督撫，應該有些歷練了，還是這樣喜歡放言高論，正是曾文正公當年所説的那句老話：看人挑擔不費力。』

奕劻説：『他是個喜歡出風頭的人，不去管他！』

後來，李鴻章在別處也多次説過這樣的話，終於傳到了張之洞的耳朵裏。他氣憤地説：『李少荃倚老賣老，不把國家當回事。他説我書生意氣，我没有罵他老奸巨猾就算客氣了，他哪有資格説我？』

李張之間本來就很深的裂縫，變得更深了。

年關臨近，武漢三鎮飛起漫天白雪，梁鼎芬的八姑姑帶着龐大的護送嫁妝的隊伍來到武昌。梁鼎芬忙着爲他們佈置新房。過小年這天，婚禮隆重舉行，大媒便是候補道兩湖書院山長、總督衙門總文案梁鼎芬。張之洞爲他們做了證婚人，又破例從他珍藏多年的古董中選了兩件戰國青銅器：一面鳳舞九天圖紋銅鏡，一把八寸長的玉柄雙刃銅短劍，作爲禮物送給吳永。

又娶了美嬌娘，又獲得張之洞的格外青睞，吳永這趟湖廣之差簡直是美不勝收。蜜月過後，吳永接到行宮來的電文，催他急返西安交差。

臨行時，他來到總督衙門表示他的由衷謝意，張之洞也要拜託他多多致意太后、皇上，二人説得融洽而深入。

爲了答謝張之洞的厚愛，也爲了在今後的仕途上增加一個强有力的靠山，吳永向張之洞透露了一個絕密消息。

『香帥，您知道皇上最恨的人是誰嗎？』

『不知道。』張之洞的心裏無端冒出一絲恐懼感。

『袁世凱。』吳永壓低了聲音。

『爲什麽？』

其實，張之洞先前也聽到過一些風聲。戊戌年事變後不久，從湖北巡撫衙門裏傳出消息，説譚嗣同曾去找過袁世凱，請袁救援皇上，袁表面答應，第二天回到天津就將這事告訴了榮禄。榮禄急告太后。於是便有太后訓政、六君子被殺、皇上囚禁瀛臺的結局出現。袁世凱是個口是心非的小人，可恥的告密者！

對袁世凱的這個評價，成了所有傳説這個故事的人的最後結論。張之洞對此將信將疑。

『康有爲和軍機四章京都極力推薦袁世凱，皇上相信了，將他從天津叫到北京，超擢他做侍郎，並召見他，以重任相託。袁在皇上面前慷慨激昂，忠心耿耿。不料他一回天津，就對榮禄説，皇上發動康黨圍頤和園，要挾持太后。引起太后大怒，並痛斥皇上不孝不仁，皇上矢口否認。太后説這是袁世凱説的，並有榮禄作證。皇上還是不承認有圍園劫后的計劃。因爲此，皇上恨死了袁世凱，巴不得將

他碎屍萬段。』

『哦，是這樣的。』張之洞深深地倒吸了一口氣：兩年多的一段傳聞終於得到證實。

『香帥，』吳永的語氣很誠懇，『袁世凱這個人我没有見過，不知其爲人到底如何，説他能幹的人很多。他這兩年也很能任事，東南互保的事，嚴懲禍首的事，他都與您一起參與了。他是有心要攀附您這棵大樹。我今夜把這事告訴您，想提請您注意這個人。他今後前途到底如何，還很難説，也可能飛黄騰達，也可能粉身碎骨。您對他，還是多留點神爲好。』

這可真是個重要的提醒！對於袁世凱，張之洞原本並無甚好印象，衹認他是個不讀書憑軍功發跡的暴發户。去年以來他對袁的印象大有改觀。原因是袁任山東巡撫時全力鎮壓義和團，有先見之明，又積極參與中外互保合約，有膽魄。袁世凱很明顯地在與他套近乎，若没有吳永的這個提醒，真有可能被袁世凱給套住了。

張之洞説：『漁川，謝謝你這個提醒，我今後會注意的。』

隔一會，他又説：『我想問你一件事，你不要對别人説。』

吳永肅然：『什麼事？凡我所知的，我都可以對您説。』

張之洞的臉向吳永凑了過來：『你看大阿哥這個人怎麼樣？』

吳永略作一番思索後説：『大阿哥今年十七歲，人長得比皇上要精神些，也還靈泛，詩作得不錯。』

『大阿哥會作詩？』張之洞顯然對此很感興趣，『你能記得幾句嗎？』

『前幾日我收到西安行宫中一位朋友的來信，信中極讚大阿哥的詩才，説大阿哥近日有一首《終南

山》，確實做得好。詩是這樣寫的：入夜宫中燭乍傳，簷端山色轉蒼然。今宵月露添幽冷，欲訪楠臺第五仙。』

『這詩是做得不錯。』張之洞微微點頭。『大阿哥的書讀得怎樣？』

『大阿哥的最大不足之處就是不愛讀書，好玩耍，心不能静。還有一點，性情輕佻，喜怒無常。』

張之洞説：『就常人而言，大阿哥可算是一個聰明穎秀的少年，若有嚴父嚴師管教，日後或許也能做點事。但對大阿哥這個身份來説，他的長處恰恰是短處，而他的短處則不僅於自身不利，更將於國家不利。』

吳永仔細聆聽着這位社稷之臣的讜言莊論。

『吟詩作賦，是普通人怡情悦性的好方式，但一國之君不能沈湎於此。治國平天下，靠的是聖賢之教，史册之鑒。十六七歲，正是發憤苦讀經史的大好時光，大阿哥的功夫不下在此處，卻用在詩詞上，是舍本逐末。隋煬帝、陳後主、李後主、宋徽宗都是詩詞歌賦中的高手，卻成了亡國之君。耽於詩詞，又加上輕佻，喜怒無常，這樣的儲君，真不是國家之福。』

吳永插不上話，説是也不宜，説不是也不宜，衹好緘口聽着。

『漁川，有一樁事，我在心裏想了好久，要向太后稟報。但至今未稟報，一是拿不定主意，二是不知通過什麼途徑傳到太后那裏。你這一來，既使我拿定了主意，又找到一條便捷通道，你一定要把這樁事當面稟報太后。』

吳永説：『我一定照大人的吩咐去辦。』

張之洞斂容正色對吳永説：『你回去後，找一個方便的機會，單獨對太后説：張之洞請太后廢掉

大阿哥！』

吳永心裏大喫一驚，傻望着張之洞。

張之洞嚴肅地說：『去年夏天所發生的這場災難，是由立大阿哥而引起的，端王要藉拳匪來打擊洋人，爲自己出氣，纔竭力慫恿太后圍攻使館。要說禍根，就在這裏。這已是官場士林中公開的秘密了。大阿哥年紀小，又没管過事，他當然不會成爲洋人所索求的禍首。現在禍首中的人雖然載勛、毓賢、剛毅、趙舒翹、英年、啓秀、徐承煜都已死了，但載漪、載瀾兄弟還健在。假若哪一天，大阿哥真正登極做了皇帝，載漪便是太上皇，載瀾便是皇叔，他們一定會唆使皇帝翻案，對指責他們的人報復。對洋人，衹會更加仇視。無論對國外還是對國內，這都是極不利的。我早就想過，不廢大阿哥，不將他遷出宮，去年的事就不能算徹底清算。但我拿不定主意，這原因是我不知道大阿哥其人。若他真是明君之材，或不必擔憂，但聽你剛纔所說的，我可以斷定此人必定成不了明君。』

吳永頗爲緊張，想不到自己剛纔的那幾句話居然對大阿哥的命運起了作用。一個小小的知縣，一介草莽出身的平常人，竟然會對當今帝王的廢立起作用，這真是不可想像的事，而此事竟然就發生了。想到這裏，吳永又不禁自豪起來。

『如此看來，我想，爲了太后，爲了祖宗的江山，也爲了大阿哥自己，還是廢了爲好，而且必須立即搬出宮，永遠斷絕他的念頭。這樁事不能寫奏摺，衹能面稟。我又不能到西安去，真是天賜良機，讓你到武昌來了。漁川，你千萬不要前怕狼後怕虎的瞻前顧後，一定要以國家大義爲重，將我的這個想法面稟太后。萬一有什麼事出來，我張某人會向太后上書，說清事情的原委，洗去你的責任。你不

要有顧慮。你曾經做過曾家的女壻，要像你的丈人和太丈人一樣，在緊急關頭，拋開一己得失，爲國家挺身而出。』

這兩句話激勵了吳永，他站起身來堅定地說：『香帥放心，我一定會把你的這個建白如實稟報太后。香帥身處如此高的地位，尚且不顧自身利害，我吳永一個七品芝蔴官，算得了什麼！若能協助香帥爲國家辦成這樁大事，也不枉曾家賞識我一場了。』

第十九章　爆炸慘案

一　八閩名士向張之洞獻融資奇策

吳永離開武昌兩個月後，一道關於廢除大阿哥的上諭頒發下來。張之洞心裏欣慰：太后儘管糊塗迷誤過一段時期，但畢竟還是醒悟過來了。

是的，這次親身遭逢的巨變，的確給一向自以爲了不起的慈禧以深重的創傷和刻骨的刺激，嚴酷的現實迫使她不得不自我反省，也迫使她不能不承認自己的失誤。爲了挽回喪失殆盡的人心，維護自己搖搖欲墜的至尊形象，在西逃的路上，她便指示跟從的軍機大臣草擬以皇上名義下達的『罪己詔』。又在批准和約的上諭裏再次表示『自責不暇，何忍責人』的沈痛心情。在所有痛定思痛的奏章中，慈禧最看重的是朝廷奉爲客卿的英國人赫德所上的條陳。這位擔任中國海關總稅務司近四十年的洋人，以極爲誠懇的語言勸告太后，西方各國決不是要中國的國土和人民，祇是希望中國改弦易轍，實行新政，奉行和他們一樣的國策。赫德請太后早日回鑾，今後祇要認真實行改革，中國是可以富强的；中國富强了，與世界各國也就相安無事了。

慈禧完全接受這位洋朋友的建議，一面籌備回鑾北京的準備，一面籌謀實行新政，並明詔國民：『世有萬古不易之常經，無一成不變之治法，窮變通久，見於大《易》，損益可知，著於《論語》。蓋不易者三綱五常，昭然爲日星之照世，而可變在令甲令乙，不妨如琴瑟之改弦。伊古以來，代有興

革，大抵法積則弊，法弊則更，要歸於强國利民而已。』又要求各軍機大臣、六部九卿、各省督撫及出使各國大臣，取外國之長，補中國之短，參酌中西政要，對有關朝章國故、吏治民生、學校科舉、軍政財政等方面，向朝廷提出有關變法改革除舊佈新的建議。一時間，仿佛戊戌年的『百日維新』之劇又重新上演，祇是戲中的主角由皇帝變成太后而已！

庚子年的這場慘變，任何一個稍有愛國之心的中國人都會痛心疾首，任何一個稍有頭腦的中國人都知道，要想不亡國滅種，祇有變法一條路。相對於兩年多以前的那個夏天來說，這次的變法，在表面上已經是沒有反對派，大家咸與維新了。在新一輪的變法高潮中，最爲積極也最爲朝野看重的封疆大吏，當首推既有新政實質、又有『中體西用』理論主張的湖廣總督張之洞，次則爲對辦局廠辦新軍有興趣的碩果僅存的湘軍元戎兩江總督劉坤一，另一個則是辦新軍大有成績，又在鎮壓拳民中嶄露頭角的山東巡撫袁世凱，他們都在組織一批智囊文膽，切磋研討關於變革方略的文稿。

袁世凱多次向張之洞寫信，以晚輩自居，請他牽頭，選擇幾個有影響的督撫會銜上奏，共同提出關於新政全局的建議來。因爲有吳永的那番話，張之洞不理睬袁世凱的示好，而主動與劉坤一聯合，希望以他們兩人會銜的形式，提出改革方略。戎馬一生一向以戰功自炫的劉坤一，晚年親眼目睹湘淮軍在洋兵面前屢戰屢敗的現狀，真是痛心不已。洋兵打進京師，帝、后棄逃，在劉坤一看來，這無異於亡國，是軍人的奇恥大辱。他欣然贊同張之洞的建議，願意爲中國的復興，與張之洞一起擔當這個重任。

經過兩三個月的起草修改審訂的過程，關於新政的三個奏摺產生了。第一個摺子名曰《變通政治人才爲先遵旨籌議摺》。此摺提出變法圖强，以人才爲先的主張，指出中國不貧於財，而貧於人才；

不弱於兵，而弱於志氣。並提出育才興學四條辦法：設文武學堂，酌改文科舉，停置武科舉，獎勵遊學。第二個摺子名曰《遵旨籌議變法謹擬整頓中法十二條摺》。此摺從十二個方面提出對中國舊的法規法則加以改革，即提倡節儉，打破資格限制，停止捐納，考覈官員並增加俸祿，改進官員詮選，取消書吏和差役，改善刑獄，籌八旗生計，裁撤屯衛，綠營等等。第三摺名曰《遵旨籌議變法謹採用西法十一條摺》，提出應當採納的切實有用的西法有：廣派官員出國考察，編練新軍，改良農業，提倡工藝製造，制訂有關礦業鐵路商業交涉等法律，貨幣改用銀元，徵收印花稅，推行郵政，多譯各國書籍等等。

第二摺的除舊和第三摺的佈新，都審慎地遵循張之洞的中體西用的理論：關於本體的方面，即中國的綱常名教、倫理道德，仍得堅持，不能改變；西法西藝，均作爲功用而被引進，以促使本體的健壯强大。

這就是中國近代史上著名的『江楚會奏三摺』。它以形式上的溫和中庸，內容上的切實可行，時間上的恰到好處，上奏者的地位資望，獲得了以慈禧爲首的朝廷執政者的一致認可，成爲事實上的新一輪新政的實施大綱。這些變法設想，通過以後的一連串上諭，向全國各地陸續頒發推行。

張之洞趁着這個大好時機，加速發展湖北的洋務事業，在兩湖各府縣廣設各式新學堂，大量派遣官費生赴日本留學。他又在湖北擴大新軍。湖北新軍按全國統一軍制，將軍隊編爲一鎮一混成協，即第八鎮、第二十一混成協，共有官兵一萬五千餘人，全部用新式槍砲及西洋器械裝備，聘請德、日教官充當軍隊教習。配合新軍建設，又在武昌辦起將弁學堂、武備普通中學和陸軍小學堂。這三所軍校擔負起培養新軍各級武官的責任。與此同時，張之洞又擬在武昌創辦火柴廠、水泥廠等工廠。

第十九章　爆炸慘案

辦學堂，辦新軍，辦工廠，凡有興作，第一步便是籌措資金。到處需要錢，到處都向總督衙門伸手要銀子。『銀錢』兩字，令他焦急，令他憂慮。再一次『銀錢短缺』的重荷，壓得他透不過氣來。他多麼盼望能有點鐵成金之術：頃刻之間，他的面前便可出現金山銀山。他甚至幻想過，能在哪一處施工現場，突然發現前人埋在地下的金窖銀庫。當然，這都是不可能的事。懷着滿腔洋務宏圖的湖廣總督，從哪裏去獲得眼下所急需的大批資金呢？

這一天，陳衍來到簽押房。他對面有愁容的總督說：『卑職知香帥爲資金一事苦惱，願向大人獻一奇策，可立解燃眉之急。』

張之洞頗爲疑惑地望着這位瘦小的八閩名士，見他一臉正經，不像說笑話的樣子，弄不清他葫蘆裏賣的什麼藥。張之洞似笑非笑地說：『你有辦法可立刻籌集一批大的銀錢？』

陳衍點頭：『是的，不出兩個月，您可得二十萬兩銀子，半年光景，您可得七十萬兩銀子。』

張之洞問：『你是去借錢？』

陳衍搖搖頭：『不是借。現在借錢利息都很高，何況也借不到這麼多。』

張之洞盯着陳衍的眼睛：『你想去學梁山泊的草寇，打劫生辰綱？』

陳衍哈哈笑起來：『香帥真會取笑。太平世界，朗朗天日，我一個弱書生怎敢打劫別人的金銀！』

張之洞也笑了，說：『那你的奇策是什麼？』

陳衍收起笑容，正經八百地說：『我的奇策，既不靠借，更不靠搶，它靠的是真實的學問。這門學問，洋人稱之爲貨幣金融學，我已經研究這門學問多年了。』

張之洞驚道：『看不出，石遺，我原來以爲你祇鑽研詩話學，想不到你對西學也有研究。』

陳衍說：『我的家鄉福建侯官，雖不如廣州、香港等地，却也因地處沿海而得風氣之先。自林文忠公以來，侯官研究西學已蔚然成風。我曾偶爾得到幾本西洋人所著的貨幣和金融方面的書籍，便被這門學問所迷住，多年探索，頗有心得。』

張之洞聽陳衍這一解釋，知他不是走的野狐禪一類的歪門邪道，遂認起真來：『你說說，你有什麽好辦法，若真的行之有效，你可爲湖北的洋務立下一大功。』

陳衍說：『這個辦法其實也簡單。湖北現有兩臺您從廣州帶來的鑄銀元機，就用這兩臺機器，鑄造一種新的貨幣即銅元，每個銅元合銅二錢七分，由總督衙門規定，一個銅元值十文制錢。如此，湖北銀錢短缺之圍可立解。』

張之洞一邊摸着髯鬚，一邊將陳衍這番話在腦子裏思考着：『我弄不明白，你這是玩的什麽把戲，爲何將制錢換成銅元，就能立即生財？』

『香帥，容卑職慢慢解釋。』陳衍知張之洞雖熱心推行新學，其實是連新學的門檻都没進的人，於是耐心地剖析，『香帥，您是知道的，一兩銀子可兑換一千文制錢，一千文制錢重八斤，也就是說一千文制錢是用八斤純銅所鑄成。八斤即一千二百八十錢，也就是說，一文制錢含銅一錢二分八，將近二個制錢便可鑄一個銅元，這個銅元當十個制錢用，剩下的近八個制錢便是總督衙門所賺的了。十文賺八文，一兩銀子可賺八百文，百萬兩銀子可賺八萬萬文制錢，將這八萬萬制錢再换成銀子便可得八十萬兩銀子。我估計湖北一省半年市場銀子流通量大約有百萬兩，當然這種計算是個概數，其實要兩個多制錢纔能鑄一個銅元，再打個八五折，恰好近七十萬兩。一年下來，可得銀子一百三四十萬兩。香帥，拿這筆銀子，你辦什麽洋務不成？』

聽陳衍這麽一說，果然這一百三四十萬兩銀子的得來並不難。鑄銀機器確實是現成的，早在光緒十五年張之洞通過鄭觀應從香港購買了兩臺。廣東省是大清國第一個鑄造銀元的地方，張之洞也便成了有史以來中國第一個鑄造銀元的官員，如果能在湖北最先鑄造銅元，那不又成了中國第一個鑄造銅元的人？一向敢爲天下先的湖廣總督被這個念頭所激動，大爲興奮起來。但是，張之洞畢竟對貨幣金融學没有研究，這是椿關係千家萬户生計的大事，不能草率，他想多方聽聽意見。於是，拍了拍陳衍的肩膀說：『石遺，你這個想法很好，明天一早我在議事廳召開會議。你今夜好好準備下，明天當着衆人的面詳細說說，讓大家一道來參謀參謀。』

第二天上午，督署衙門中西兩文案房的一批有頭臉的幕僚集會於議事廳，聽陳衍講他的『以一當十』的融資奇策。陳衍以詩人的氣質，帶着濃烈的情感色彩，眉飛色舞地將他的奇思妙想當着衆人的面演說了一番。他滔滔不絕地講了一個多鐘頭，滿心期待幕友們對他的鼓掌讚揚。不料他的話音剛落，辜鴻銘便用手指着他的鼻尖，臉朝着張之洞說：『香帥，陳石遺乃大奸大惡。我想請你先取下他的頭來，再容我批判他這個惡毒的奇策。』

陳衍頓時嚇得面如土色，衆幕僚也被辜鴻銘的這一手所鎮住。

張之洞板起面孔說：『湯生，你這講的什麽胡話！幕僚議事，誰都有發表自己意見的權利，我如何敢要他的頭？石遺的想法惡毒在哪裏，你說給我聽聽嘛！』

辜鴻銘指鼻尖的手放了下來，兩隻灰藍眼睛狠狠地盯了陳衍一眼說：『香帥既不肯取你的頭，就暫且讓它留在你的脖子上吧！』

衆幕僚被辜鴻銘的表演弄得笑了起來。

辜鴻銘却没有笑，他尖起喉嗓，大聲說：『陳石遺此計，乃真正的殘害民生的壞主意、惡念頭。他也不想想，老百姓没有了制錢，有幾多不方便，都用當十的銅元，難道到醬園裏去買塊醬蘿蔔，到針綫鋪去買根針，也要用一個銅元嗎？久而久之，一個銅元便變成一文制錢用了，物價不就漲了十倍嗎？到時候，香帥不取陳石遺的頭，老百姓會剥陳石遺的皮的！』

看着陳石遺在辜鴻銘的斥罵下，那副灰頭灰腦的模樣，衆人又免不了笑起來。

剛入幕不久的鄭孝胥說：『制錢並没有收盡，還可以用嘛！大錢小錢一道用，買醬蘿蔔、針綫就用小錢嘛！』

鄭孝胥與陳衍同爲福州人，又是詩友，曾在日本領事館裏做過事，精通日文。年初由陳衍介紹進了幕府，張之洞對他也很器重。

辜鴻銘說：『蘇戡，你不知香帥的脾氣。有這麽好的生意，香帥豈會不大做特做。要不了三年，湖北市面上就看不到制錢了，哪裏還有什麽大錢小錢一道用！』

在督署裏，惟一敢當面批評張之洞的，便祇有這個混血兒，其他人都没有這個膽量。大家偷眼看了看張之洞，見他臉上並没有生氣的神態，知道總督的心思或許已被辜鴻銘所說中。

張之洞朝大家掃了一眼說：『諸位都說說，陳石遺的這個辦法可行不可行。』又對着梁敦彥說：『崧生，你在美國多年，於美國的貨幣金融應有所瞭解，談談你的看法。』

梁敦彥思忖片刻說：『石遺的這個主意，本質上屬於通貨膨脹。』

『什麽是通貨膨脹？』張之洞打斷梁敦彥的話。

『西洋各國已普遍實行紙幣，紙幣的印刷權利掌握在政府的手裏。貨幣的發行量與實際需要量平衡，市場則穩定，若發行量超過了實際需要量，則造成貨幣貶值，物價上漲。這種現象，金融學稱之爲通貨膨脹。』

張之洞點點頭說：『如此說來，通貨膨脹不是個好東西了。』

『對老百姓來說，顯然不是好事，但對政府來說，則有它有利的一面。』梁敦彥繼續說，『政府財政有了虧欠，或是政府準備辦一件大事需要一大筆款子，用這種辦法可以彌補虧欠，或籌措資金。』

陳念礽接着梁敦彥的話頭說：『說穿了，就是政府通過這個辦法從老百姓手裏聚集一批錢來。說得好聽點，就是政府身上的擔子，讓全體老百姓來分擔。』

張之洞聽到這話高興了：『我們現在也正是這樣。總督衙門的擔子，要湖廣兩省的老百姓一道來分擔。看來陳石遺的主意可行。』

梁敦彥皺了下眉頭說：『政府做這種通貨膨脹的事，得有兩個條件：一是政府所辦的事，必須是爲了全體百姓的利益；二是老百姓都能體諒政府，支持政府，願意與政府來共挑擔子。』

梁鼎芬一直没吱聲，他是在揣摸張之洞的心思，現在他已經完全明白了，於是開口：『我看崧生說的這兩個條件我們都具備：香帥辦洋務，完完全全是爲了我們大清國，爲了湖廣的富强，是爲老百姓謀利益的大好事，湖廣百姓也是完完全全體諒支持香帥的。香帥你就定下吧，按石遺的主意辦。』

張之洞望着梁鼎芬點了點頭。梁鼎芬見香帥讚許他的話，心裏很得意。

辜鴻銘討厭梁鼎芬這種當面諂媚的作風，說：『香帥，恕我說句直話，你辦洋務的確是爲了國家富强。國家富强了，老百姓的日子就好過，歸根結底，辦洋務是爲了老百姓。但是，要說老百姓眼下都體諒支持你，這種說法我不敢苟同。老百姓都是祇顧眼前利益，看不到長遠利益，在没有得到實利

之前，要說都支持，怕不可能。」

得到張之洞首肯的梁鼎芬決心要討好到底：「照辜湯生的說法，香帥辦的洋務現在還沒有讓老百姓得到實利，故而老百姓不體諒，不支持？」

梁鼎芬這種露骨的獻媚，令梁敦彥、陳念礽等人也看不過去，但他們也不敢太拂張之洞的心意，都閉口不做聲。辜鴻銘氣得咬着牙齒說：「梁節庵，你這是爲虎作倀，助紂爲虐。」

梁鼎芬也反唇相譏：「辜湯生，你是反對洋務，坑害忠良！」

見議事會變成了攻擊會，張之洞大不耐煩起來，他拍了拍太師椅上的扶手，高聲道：「都不要吵了。這椿事老夫已弄清了，即便湖廣百姓一時不體諒，心有怨言，就讓他們說去，到時他們自然會明白老夫的一番苦心的。陳石遺，鑄銅元這個差事就交給你了。」

「卑職遵命。」陳衍滿心歡喜。「鑄銅元是椿大事，卑職想這得成立一個機構，卑職也得有一個名分纔行。」

「陳石遺在向老夫要權！」張之洞笑了笑說，「名不正則言不順，他的想法也是對的。就把過去廣州那個現成名字改一個字移過來，就叫鑄銅元局吧。老夫任命陳衍爲鑄銅元局總辦。」

這真是一個肥得流油的美差，梁鼎芬、鄭孝胥帶頭爲陳衍的好運鼓起掌來。

在陳衍的指揮下，鑄銅元局很快開辦起來，大張旗鼓地化制錢鑄銅元，又以總督衙門的名義頒發通行「以一當十」的銅元流通命令。實行不久，老百姓便深感不便，怨聲載道。但庫房的銀錢却與日俱增，一個月下來，便賺了近十萬銀子。張之洞心裏高興。半年下來，庫房又增加六七十萬銀子。張之洞拿出二千兩銀子來獎勵陳衍，稱讚他的奇策果然立竿見影。

有了銀子，什麼事都好辦了，湖北的洋務局廠在張之洞的大力經營下，又出現了一派紅紅火火的場面。不料，正當湖廣新政蓬勃興起的時候，一場意料不到的慘案發生了。這便是中國洋務史上有名的漢陽火藥廠爆炸案，一位才幹傑出的科技專家因而殉職。此事給張之洞的洋務事業抹上了濃重的陰影。

二　徐建寅罹難，暴露出火藥廠種種弊端

這年二月十二日上午，張之洞在簽押房做他每天的常課：正式辦公前閱讀中外報刊。這些報刊包括北京的邸報、上海的《字林漢報》以及來自日本的由梁啓超主辦的《清議報》等等。《清議報》是朝廷明令禁止入境的報紙，但它每期還是有一兩百份從各種渠道流進國內。湖廣衙門裏的《清議報》，則是張之洞通過他在日本的親信，專爲購買並夾在別的郵件中寄來的。

張之洞喜歡讀《清議報》。《清議報》指責國內的時弊，提出變政的建議，如果撇開它責罵皇太后那些內容不說，則是一份很有內容很有見地的好報紙。至於梁啓超那如同烈焰般的熊熊激情，和既流暢明快、又起伏跌宕的語言表述能力，更是海內外難有第二人可比。張之洞不僅自己看，還時常推薦給幕僚們看。在湖廣總督衙門裏，《清議報》屬於非禁品。

這時，張之洞正在閱讀半個月前出的第七十二期《清議報》。何巡捕進來稟報：「香帥，出大事了！」

「什麼事？」張之洞放下手中的報紙。

「火藥廠爆炸了，徐會辦等人遇難！」

第十九章　爆炸慘案

『徐會辦遇難！』張之洞的腦子裏嗡的一聲巨響，呆坐片刻後，沈重地說：『我們過江去看看。』

陳念礽、陳衍等人聞訊後也趕了過來。他們急忙走到江邊，然後登上總督的專用小火輪，橫過長江，來到位於江漢交匯口的龜山下。湖北火藥廠是兩年前纔辦的一座新廠，因爲它是爲着槍砲廠造火藥，故就近建在槍砲廠旁邊。當張之洞一行趕到出事地點時，火藥廠總辦伍桐山正在指揮工人搬移碎鐵爛石，從裏面將那些受傷的人搶救出來，一見到張之洞便哭喪着臉說：『香帥，真沒想到出這樣大的事故，徐會辦他死得很慘！』

張之洞鐵青着臉：『徐會辦的遺體在哪裏？』

伍桐山指着對面一間小廠房說：『暫時停放在那裏。』

張之洞低沈地說：『帶我去看看。』

伍桐山帶着張之洞、陳念礽、陳衍等人走進了對面的小廠房。這裏一字形擺放着十多具罹難者的屍體，伍桐山指着打頭的一具說：『這就是徐會辦！』

張之洞走了過去。天哪，這就是兩天前還和自己談笑風生的那個徐建寅嗎？祇見他頭上血跡斑斑，半張臉被炸得已不成樣子，右手右腿不知去向，就像半個血人似的躺在冰冷的洋灰地面上。再看看其他的炸死者，也大半血肉模糊，四肢不全。

張之洞緊綳着臉，一聲不吭，兩隻手反扣在背後，在徐建寅的遺體邊站立好長一會兒後，纔邁開沈重的雙腿，走出小廠房。

『爹呀，你在哪裏？』剛出廠房門，一聲淒厲的喊叫迎面撲來。

原來是徐建寅的長子徐家保聞訊趕了來，跟在他後面的是徐建寅的女壻趙頌南。見到張之洞，徐家保顧不得禮節，嘶啞着聲音大喊道：『香帥，我爹給炸死了，您得爲我們作主呀！』

看着徐家保哀痛欲絕的神態，張之洞再也忍不住了，兩行淚水從眼眶裏刷刷落下，抱着徐家保的雙肩，哽咽着說：『家保，你要節哀，我會查清這件事的！』

徐家保郎舅直奔小廠房，瞬息間裏面傳出撕心裂肺的喊叫聲。張之洞抹去臉上的老淚，混亂了半天的心緒逐漸安定下來。一定要徹底查清這場慘案！他在心裏下了決心。

他再次來到事故發生地，四處審視了一番，然後命令身旁的伍桐山說：『趕緊搶救受傷的人，安頓好死難者的家屬，盡可能地保存現場，晚上到督署來向我稟報事故的前前後後。』

回督署的路上，徐建寅和那一排罹難者的慘相始終晃動在張之洞的眼簾前。

十二年前，出於對徐氏家族及徐建寅本人技藝的尊重，張之洞禮聘徐建寅來湖北會辦鐵政局。這些年來，除開朝廷差使到天津、上海、福建等地短暫處理一些洋務難題外，徐建寅一直在湖北。他帶領鐵政局一班人查勘長江兩岸煤礦的分佈情形，並親自主持馬鞍山煤礦的開採及槍砲廠的生產規劃。徐建寅對西學洋務的精通與澹泊敬業的人品，給張之洞以極好的印象，認定他是個很優秀的洋務人才。

前年，張之洞創辦省城保安火藥廠，徐建寅又出任該廠會辦兼總技師。火藥廠生產黃色普通火藥。半年前，徐建寅帶領長子家保、女壻趙頌南一道研製最先進的黑色火藥。祇經過三四個月，便研製成功，其品質與英、德等國的黑色火藥不相上下。誰知大規模生產纔一個多月便遭此橫禍。徐建寅纔祇五十七歲，身體健康，精力充沛，正是爲中國洋務事業大展纔幹的時候，多麼可惜！張之洞不僅爲國家失去良才而傷心，也爲徐建寅本人身懷絕學却未竟大功而惋惜。

晚上，火藥廠總辦伍桐山來到督署向張之洞稟報。因爲自己不懂火藥製造的技術，他特命女壻陳念礽隨侍旁聽。伍桐山敘述了事故發生的前前後後。

昨天下午，臨收工的時候，火藥廠的主機即目前輾製黑色火藥的機器突然卡殼，不能轉動了。工頭晉老大吩咐工匠們散工，明早請徐會辦來處理。今天一早，晉老大來到離火藥廠三四里遠的徐建寅的臨時住所裏。這時徐建寅正和女壻趙頌南在餐桌邊喫早飯，聽到晉老大的報告後，放下未喫完的半碗熱稀飯，匆匆跟着晉老大來到廠裏。晉老大陪着徐建寅在機器面前四處檢查了一番，然後命令開機。開機後衹有一兩分鐘，機器便爆炸了。

出事前的情形似乎非常簡單。張之洞緊鎖雙眉問：『就你看來，爆炸是什麼原因引起的？』

伍桐山答：『詳情還在調查中。初步分析，可能是昨夜積壓在機器中的火藥粉，發熱後引起的爆炸。』

張之洞又問：『像這樣積壓一夜，第二天再開機的情況，以前也有過嗎？』

『没有。』伍桐山答，『過去艾耐克總是一再招呼，下班前要把機器裏的火藥粉清掃乾淨，上班時也要仔細檢查一下，要在完全没有積壓的火藥粉後再開機。』

艾耐克是火藥廠請的德國技師，上個月回國休假去了。

張之洞問：『照這樣說，是因爲徐會辦疏忽了纔造成這個事故的？』

伍桐山沈吟片刻後說：『徐會辦當時心情焦急，一時忘記清掃積壓的火藥粉，是可以理解的。』

張之洞盯着火藥廠的總辦，厲聲重復一遍：『照你這樣說，這個事故是徐會辦因自身的疏忽而造成的了？』

伍桐山低着頭，没有吱聲，半晌纔說：『工頭有責任，應當提醒。卑職也有責任。』

『你有什麼責任？』

『卑職是火藥廠的總辦，火藥廠出的一切事都與卑職有關，所以卑職有責任。』

張之洞問：『事故發生時，你在哪裏？』

伍桐山不好意思地說：『昨夜睡得晚，事故發生時，卑職尚在床上睡覺。』

張之洞心裏不悅，又問：『死了多少人，傷了多少人？』

伍桐山答：『除開徐會辦外，還死了十五個人，其中五個工匠，十個工人，重傷二十多人，輕傷五十多人。』

陳念礽插了一句：『工頭晉老大炸死了嗎？』

『他倒是没死。』

張之洞覺得奇怪：『他就在徐會辦身邊，爲什麼没死？』

伍桐山答：『機器開啓前一會兒，他就離開了廠房。』

念礽望了一眼岳父，張之洞會意，對伍桐山說：『你叫晉老大明天到我這裏來一趟。』

第二天，一個四十多歲的乾瘦男子來到總督衙門，一見到張之洞和一旁的陳念礽便跪下，磕頭如搗蒜，口裏不斷地說着：『大人，我有罪，我没有想到徐會辦會死的！我有罪，十六條冤魂都會找我算賬。我没有想到他們會死的！』

陪同前來的伍桐山說：『香帥，他就是晉老大。事故發生後，他就瘋了。一天到晚就這幾句話，大家都說，他是給嚇瘋的。』

張之洞注目晉老大：一臉黑氣，兩眼呆滯，渾身抖抖嗦嗦的，確有幾分瘋傻之狀。

『是你領着徐會辦去的，爲何又離開了他？』

聽了張之洞的審問，晉老大抖得更厲害了。

『小人到廠房外撒尿去了。小人尿泡不好，經常要撒尿。』晉老大說完這兩句話後又喃喃唸道，

『我有罪，我有罪！』

『是誰要你去叫徐會辦的？』陳念礽問了一句。

『我自己去叫的。』晉老大跪在地上，呆呆的兩眼望了望陳念礽，又望了望張之洞。隔了一會，又不停地磕頭，口裏一個勁地叫道：『我有罪，我有罪，我要死了！』

張之洞見審不出個所以然來，便對伍桐山說：『你帶着他回去，好好看着他，別讓他出意外，過幾天我還會再問他的。』

不料，第二天上午，伍桐山便慌慌張張地前來報告：晉老大死了，淹死在廠房邊的池塘裏。張之洞打發陳念礽去實地看看。

下午，念礽回來，向岳父稟報：『晉老大確實死了，是淹死的，看不出有勒索捆綁的痕跡。廠內外傳說紛紛。有說是他瘋了，自己走到塘裏去淹死的，也有人說是炸死者的靈魂將他拖到池塘裏去的。』

張之洞問：『晉老大這人平時口碑如何？』

念礽道：『廠里人都說他是個小人，巴結上司，剋扣工人。不過，他平時對徐會辦倒是很恭敬的。』

『他有妻室兒女嗎？』

『他的家在黃陂，鄉下曾經有個婆娘。後來進廠當了工頭，就不要鄉下那個婆娘了，喜歡嫖賭，沒有兒女。』

張之洞兩手來回地捋着鬍鬚，不再說話了。

『岳翁，』陳念礽望着張之洞，慢慢地說：『我這兩天來在想，這樁事故有幾點可疑之處。』

張之洞邊捋鬚邊說：『你有什麽看法，祇管說出來。』

陳念礽托着腮幫子說：『昨天晚上伍桐山講，是積壓的火藥粉受熱後引發的爆炸。這個說法難以成立。火藥粉受熱後祇會引起大火，很難引起這種機器炸裂、廠房盡毀的嚴重後果。』

張之洞停止捋鬚：『如此嚴重後果，會在什麽情況下出現？』

陳念礽說：『祇會出現在有意爆炸機器的情況下。』

『有意爆炸？』張之洞的手從長鬚上滑落下來。『難道說有人存心使壞？』

陳念礽說：『這祇是分析，不能作肯定。火藥祇有擠壓成一團，再引火爆炸，纔能形成殺傷力；分散的火藥粉，沒有這大的威力。最能解釋的假設是這樣的：有人事先將一包威力很大的炸藥塞在機器轉軸裏，然後在機器開動時，點燃火綫。如此，機器纔會炸得四分五裂，釀成廠毀人亡的慘重後果。』

張之洞問：『你懷疑是晉老大放的炸藥？』

『晉老大的可疑點最大。』陳念礽說，『是他去叫的徐會辦，爆炸前他又趕緊離開了現場，事故發生後他神態失常，現在他又淹死了。這幾點聯繫一起來看，可以有八九成的把握斷定炸藥是他放的。』

張之洞的手又不自覺地捋起鬍鬚來：『你這個分析有道理，但他爲什麽要害死徐建寅和這麽多的

工匠呢？他和他們有什麼冤仇？』

陳念礽說：『這是一個接下來需要解開的疑團。我想晉老大很有可能是受人指派的，也就是說，另一個人與徐會辦有仇，他收買了晉老大，讓他幹了這樁傷天害理的事，事後又將他滅了口。』

『你是說晉老大是被人推下池塘淹死的？』

陳念礽點點頭：『這種可能性很大。』

『念礽，』張之洞輕輕地說，『你這些思考很有道理。這些話，你不要再對別人講了。你到火藥廠去住幾天，名義上是協助伍桐山處理善後事宜，實際上你去多看多聽，以便多獲得綫索。我們要把這樁案子弄個水落石出，否則對不起徐建寅的在天之靈。』

陳念礽第二天就搬到附近的兵工廠住下來，白天在火藥廠和總辦一道處理因災難帶來的許多棘手問題。

半個月後，武昌城裏的徐公館爲徐建寅舉行了隆重的祭奠儀式。

徐建寅的嫡妻及其弟——頗負盛名的洋務專家徐華封也分別從無錫老家和上海格致書院趕來了。

武昌城各大衙門的官員，各洋務局廠的總辦、會辦，還有火藥廠大部分工匠工人都絡繹不絕地前來徐公館弔唁，表達他們對徐建寅的痛惜和哀思。

張之洞帶着督署內的官吏和幕僚親自前來祭奠，並告訴徐氏家人，他將要爲徐先生上一道請恤摺，請朝廷褒揚他的業績，封蔭他的子孫。徐氏家人對總督的厚誼深表感謝。

徐家保和趙頌南請張之洞到小客廳敘話，他們要向張之洞稟報一樁重要的事情。

一起來到小客廳後，徐家保將門窗關好，然後和姐夫併排坐在張之洞的對面。徐家保今年二十七

第十九章　爆炸慘案

歲，幼承家學，十多年來隨同父親南來北往，見多識廣，洋務造詣日漸提高，也算得上當今中國的第一流洋務人才了。

趙頌南也是一個精通洋文洋技的專家，因爲此而被徐建寅看中，多年來一直是徐建寅的得力助手。出事那天清早，翁壻二人都在喫飯，徐建寅是放下飯碗就走，趙頌南則是把飯喫完後再去的，走到半路就聽到爆炸聲。雖然自己的一條命僥倖存活下來，但他却爲當時没有拉住岳丈喫完飯再去而痛悔不已。

『香帥，有件事，我和姐夫商量過，認爲應當告訴您。』徐家保先開了口。

張之洞以平時極爲罕見的慈藹口氣說：『什麼事，你們衹管說。』

徐家保說：『來到火藥廠不久，有一次父親對我和姐夫說，廠裏從德國進口的主機是二手貨，別人用過很多年了。我說，您怎麼知道。父親說，光緒五年，他由駐德公使李鳳苞奏調爲駐德使館二等參贊。有一天參觀柏林羅物機器廠，看到一部大型輾製火藥的機器正好組裝成功，他去祝賀。現場指揮的工程師很高興，將他的姓「徐」字用德文字母刻在機器中的齒輪上，以示紀念。來到火藥廠，他看到這部機器上的廠標：柏林羅物機器廠一行德文字，想起二十一年前參觀該廠，心裏很興奮，遂對這部機器有了親切感。他將機器上上下下裏裏外外仔細地審看撫摸，發現它已被使用多年，後來又碰巧在齒輪上發現了德文拼音「徐」，父親更有如逢故友似的高興，於是他確認這部大前年由德國進口的機器是二手貨。』

張之洞氣憤起來。他記得清清楚楚，這部機器是由伍桐山請他任駐美公使的堂叔伍廷芳向德國聯繫購買的。伍桐山向張之洞稟報，這部機器是德國的最新產品，出價三十二萬銀元。因爲看在他堂叔

的面子上優惠了五萬元，衹要二十七萬，而且派人來中國免費安裝，加上運費六萬銀元，購買這部機器共花費三十三萬銀元。張之洞從來没有想過這竟然是二手貨。如此説來，他受了欺騙。究竟是伍桐山欺騙了他呢？還是德國欺騙了伍廷芳叔侄？

『父親從側面打聽到這部機器花了三十多萬銀元後，對我們説，這種用了十多年的二手貨在德國衹值三成價，用不了十萬銀元，運費也頂多在三萬左右。德國人嚴謹，講信譽，不會欺騙客户，問題出在中國人身上。父親説，這些年經手洋務的人，貪污中飽、得回扣的多得很。當年駐德國公使李鳳苞就是一個代表。他就是因爲不與李鳳苞同流合污而提前回國的。』

張之洞知道李鳳苞在爲北洋購買鐵甲艦艇時貪污巨款，最後遭人告發，被抄家革職了。當年駐德使館中的不少人都牽涉進去了，惟獨身爲二等參贊的徐建寅清清白白。

趙頌南説：『岳丈還對我説過，火藥廠的經費開支很混亂。從國外購辦的東西，包括原料和配件，都比通常情况要貴。就是從國内買的東西，包括建廠房的磚瓦材料開銷都很大。而這兩年來生産的黄火藥數量很少，在國外這樣的廠子早就倒閉了，火藥廠是因爲皇糧多纔維持下來。這裏的問題，要麽辦廠的人是大少爺，崽用爺錢，不心疼。要麽就是蛀蟲，把皇糧吞進自己的肚子裏去了。』

張之洞聽了這幾句話後，心裏很不是味道。火藥廠是他一手籌辦的，但建設的過程和建成後的生産尤其是財務上的管理，他基本上没有過問。

他相信徐建寅的所見不錯，如此説來，自己至少是瀆職了。

見總督一直沈默着没有開口，兩郎舅以爲是這些話讓他不高興了，於是不説話了。

『説下去呀，徐先生這些見地非常好，可惜，他生前没有告訴我。』

第十九章　爆炸慘案

徐家保望了一眼趙頌南，得到姐夫鼓勵的眼神，他繼續説下去：『父親不讓我們對别人説這些，但他自己早幾天却在酒席桌上忍不住對伍總辦等人説，買這部機器的錢花得太多了，這裏面保不準有名堂；又説廠裏浪費太大，會辦不下去的。當時，我就坐在一旁，聽了也没在意。現在出了這場大慘案，我和姐夫都覺得有點不對勁，事情蹊蹺。昨天跟叔叔説起這事。叔叔説，你們要跟張大人禀報，這對查清這樁事故有幫助。所以我們倆趁着今天香帥親來弔唁的機會，把這些事情都説出來了。』

趙頌南説：『説句實話，我們都懷疑這個事故是人爲的，但没有確鑿的根據，衹是懷疑而已。』

張之洞説：『你們提供的這些情况都非常重要，我會認真對待的。這些話再不要對任何人説起。』

説罷，起身告辭。

這些日子裏，張之洞心緒非常不好。火藥廠的爆炸事件，很快在武漢三鎮傳播開來，各種各樣的説法都有。正道的、小道的，眼見的、耳聞的，想像的、猜測的，渲染的，把個事故説得五花八門，千奇百怪，甚至誇張到整個工廠夷爲平地，百多號員工無一幸存的地步。中外各種報刊也相繼報導，白紙黑字裏説的也多半不是事實。張之洞每看到這種文字，又氣憤又苦惱。

善後的事務是麻煩而頭痛的。撫恤的銀子發了一批又一批，家屬仍不滿意，天天都有去廠裏吵鬧的人。現場的清理也很費事。二十多天過去了，事故發生地仍是亂糟糟的一攤破爛。工是自然上不成了，不少人已自動離開工廠，怕再出事故，更多的人則在等待今後的安排。火藥廠已陷於癱瘓。更嚴重的是這樁事故，給湖北洋務帶來極其嚴重的影響。這個影響主要來自兩方面：一是以湖北巡撫于蔭霖爲首的一批本就對洋務持反對或冷淡態度的各級衙門的官吏，如今藉這個事故大做文章，大潑冷水，巴不得將湖北的這十多年洋務成績一筆抹掉。二是對湖北省内近十萬名在洋務局廠做事的技師和

工人心理上的挫傷。煉鐵煉鋼，挖礦採煤，製造彈藥，調試槍砲，無一不與『危險』二字掛上號；且工作場地簡陋，設備不全，規章制度混亂，傷殘死亡的撫恤條例闕如。不少洋匠說，西方的條件比你們好過百倍，還常出工傷事故，你們這裏的管理一塌糊塗，隱患到處存在，出事故是正常的，不出事故纔奇怪。洋匠們這一煽動，工人的心更浮動了。陳念礽告訴岳丈，兵工廠和鐵廠有人在私下串聯，工人們準備聯合起來向廠方和總督衙門要求改善工作環境、撫恤條例，不能把工人不當人看待。這些事弄得張之洞心情更爲煩躁。

關於火藥廠裏的事，陳念礽還告訴岳丈，通過十多天與廠裏上上下下的接觸，的確深感廠子的問題很多，尤其是總辦伍桐山，許多人對他看不慣。他在廣東原籍有家有室，來到漢陽不久便娶了一房姨太太，又在漢口和武昌兩城各有一房外室。他的錢是從哪裏來的？另外，這兩年伍桐山還從廣東弄來一批他的朋友，包攬着廠子各重要部門，工人都說湖北的工廠讓廣東班給把持了。

陳念礽懷疑晉老大是作案人，而他背後的指使人便是伍桐山。因爲徐建寅發現了購買機器上的舞弊情事，而舞弊者就是伍桐山，所以伍桐山要連人和機器一道炸毁，以便毁據滅口。陳念礽主張把伍桐山抓起來，嚴加審訊，事故的真相便可弄得個水落石出。

受張之洞委託，過問這個事故的陳衍不同意陳念礽的主張，他有他的理由。火藥廠的事故固然疑點很多，人爲的可能性很大，但要查出個水落石出，却很困難。一則最主要的兩個人：晉老大和徐建寅都不在了，得不到最重要的第一手材料。二則徐家保趙頌南的話是在徐建寅死後纔說的，既無對證，便難保其中所說的都是真的。通常情況下，家屬都有一種心態：即親人的死非自己的原因，而是出於謀害。不能排除徐家人也有這種心態。三則伍桐山的種種揮霍奢糜，其銀子的來源雖甚堪懷疑，

但僅憑這一點還不能把他抓起來審訊。假若抓錯了，事情如何收場？不如把事故定在『意外』這個範圍內來辦理，厚恤徐建寅和其他罹難者，盡可能把事故的影響減少爲好。至於伍桐山，則不能再用，可以『管理不善』的過失來處罰他，讓他離開火藥廠，另委能幹者來辦，或者乾脆就任命徐家保或趙頌南來接替總辦一職，也是可以考慮的。

張之洞覺得女婿的主張和陳衍的分析都有道理。作爲朝廷的封疆大吏，作爲湖北洋務事業的創始人，在處置這樁事故時他還不能不考慮到兩個方面：一是人事，二是影響。

火藥廠的事，認認真真地追查起來，最後的目標無疑是伍桐山。伍桐山這個人，張之洞過去對他並不了解，完全是看在伍廷芳的面子上纔委派爲火藥廠的總辦的。伍廷芳籍隸廣東却生在新加坡，從小學習英文，後又在英國留學多年，以後在香港做律師做法官，再後來又入李鴻章幕裏辦洋務。在張之洞的眼中，伍廷芳是一個很好的洋務人才。四年前，朝廷委派伍廷芳出任駐美公使，路過武昌時，張之洞親自宴請他。席上，張之洞談起辦火藥廠的設想，伍廷芳完全贊成，並答應在國外盡力幫忙。又提議讓他的堂侄伍桐山來武昌協助辦廠。伍廷芳介紹了堂侄的經歷。原來伍桐山在香港英國人開辦的火藥廠裏做過八年的事，這兩年在新會自己辦了一個小廠，也有二三十個工人。既是伍廷芳的侄兒，又有這樣的經歷，張之洞一口答應了。過兩年，辦廠的經費籌集差不多的時候，便將伍桐山聘來武昌，委派他辦火藥廠。伍桐山的精明能幹很快贏得張之洞的信任，三個月後就任命他爲總辦，將整個火藥廠交給了他，張之洞從此再没有過問了。現在如果抓起伍桐山，審查他的舞弊行爲，則直接牽涉到伍廷芳。這幾年伍廷芳作爲駐美公使，給湖北的洋務事業幫助很大，一旦與伍廷芳交惡，對事業不利。

湖北所辦的洋務局廠耗銀太多，收效不明顯，爲此張之洞已遭到來自各方面的攻訐。有人送他一個綽號叫做『張屠財』，意即專門以錢財爲屠宰對象，諷刺他濫用錢財。如果按念礽所說的作爲一樁因貪污而致殺人滅口的刑事案來處理，則更爲攻訐者提供了一個實實在在的口實，對今後湖北乃至全國的洋務大局將會帶來極爲不利的影響，當然，也包括他這位洋務制臺在內。十幾年辛辛苦苦樹立起的『名督能臣』的形象，將因此而被抹上一塊大黑污！

張之洞思來想去，還是覺得陳衍的處置更爲妥當些。但他心裏總有一股怒氣鬱積着：他恨自己錯用了伍桐山這個奸佞小人，給他造成這麽大的壞影響。火藥廠經營不善，伍桐山大肆揮霍，這是鐵的事實。至於徐家保説的二手貨的事，張之洞也相信多半是真的。也就是説，伍桐山在他的眼皮底下公開耍手段，玩花招，從中貪污一二十萬巨款。以張之洞的性格，他如何能容下這種敗類，他如何能咽下這口惡氣！一想到這裏，他又覺得不應該如此便宜了這個小子，還是從嚴究查的好。

這天夜裏，伍桐山突然來到總督衙門，請求見一見張之洞。張之洞很不客氣地命令他進來。伍桐山一進門，便跪倒在張之洞的面前，邊哭邊説：『香帥，火藥廠爆炸，卑職有失職守，罪責重大，謹奉堂叔之命，願以十萬兩銀子贖罪。請香帥看在堂叔薄面上，不追查卑職的刑事責任，讓卑職回新會去侍奉老母，教讀稚子。這是堂叔給您的信。』

説罷，雙手遞上一張紙。

這是伍廷芳從美國寄給伍桐山信中的一頁。信上説，在美國得知湖北火藥廠爆炸，徐建寅先生等多人遇難，不勝驚訝。伍桐山是他的堂侄，又是他推薦的，他負有不可推卸的責任，已責令賠償銀子十萬兩，以此贖罪。請香帥念他親老子幼，並非有意，網開一面，法外施恩。又説已與德國羅物機器廠聯繫，該廠願以半價再賣一部同樣的機器，以利火藥廠早日恢復生產。

這最後一句話使張之洞猛然省悟過來：儘快恢復火藥廠的正常生産，纔是對各方詰難的最好回答。既以十萬銀子贖罪，又以半價機器來補償，就給伍廷芳一個面子：網開一面，法外施恩吧！

張之洞惡狠狠地盯着伍桐山，直把他看得渾身篩糠似的顫抖，口裏不停地説：『香帥開恩，香帥開恩，十萬銀子，卑職將在半個月內凑集。機器的事，堂叔説話是算數的。』

『哼！你這個不成器的王八蛋，辜負了我的一片苦心！』

『卑職對不起香帥，卑職有罪！』伍桐山又一個勁地磕起頭來！

『你給我滾吧！』

張之洞飛起一脚，把伍桐山踢翻在地，自己氣得早已胸悶頭痛，半暈了過去。

十多天後，伍桐山如期賠償十萬銀子，然後悄没聲息地離開武昌南下了。同時，一紙厚恤徐建寅的奏章也從湖廣總督衙門轅門外放砲拜發。在奏章上，張之洞向朝廷報告火藥廠會辦徐建寅因機器炸裂而亡故，並滿懷感情地讚揚徐建寅爲研製黑色火藥所作出的卓越貢獻，尤其稱頌他爲國効勞、廉潔自律的可貴人格，建議朝廷爲他建專祠，並宣付國史館立傳，並援軍功例，贈徐建寅子孫雲騎尉世職，世襲罔替，以彰其功。

同時，張之洞又任命徐家保爲火藥廠總辦，繼承父親的遺志。火藥廠在徐家保的率領下很快復工了。

這樁事故和由此引發出的舞弊情事，給張之洞敲了一重棒。他決心從嚴管理湖北各級洋務局廠，特別是在財務開支和安全保障方面更要抓緊抓牢。

這年十一月，兩宮結束長達一年多的流亡歲月，回到北京，慈禧感念跟隨她度過這段苦難日子的

文武官員，遂大加賞賜。吳永放廣東雷瓊道，岑春煊擢升陝西巡撫，鹿傳霖升任禮部尚書，授軍機大臣。

吳永的外放，雖讓張之洞有點失望，姐夫的進軍機，則讓他很是興奮，這對自己今後的事業和仕途無疑是一個吉兆。

接下來又獎賞保守東南疆土免遭動亂的三位首功大臣：劉坤一賞加太子太保銜，張之洞、袁世凱賞加太子少保銜。這期間，李鴻章以七十八歲高齡去世，袁世凱以四十二歲的壯年擢升直隸總督兼北洋大臣。中國政局的這一重要異動，爲十年後的大變故埋下了禍根。

正當張之洞全力整頓湖北洋務局廠的時候，突然間各大衙門在悄悄地傳遞一個天大的奇聞：皇上微服私訪，已來到武昌城！

三　連皇帝都敢假冒，這世界利令智昏到了何等地步

這天，接替于蔭霖的新任鄂撫端方急急忙忙地打轎總督衙門，見到張之洞後，把他拉到一旁，悄悄地說：『香帥，皇上到了武昌城，你知道嗎？』

端方字午橋，是滿洲正白旗人。此人聰明，詩文也不錯，有滿洲才子之稱，是中國近代史上一個著名的人物。可惜，他的著名，不是因爲他的官做得大，更不是他的文才好，而是八九年後，被譁變的士兵所殺，成爲辛亥革命中的一個重要事件。此時年方四十出頭的端方風度翩翩，才情出衆，甚爲張之洞所喜歡。正是因爲這點，張之洞纔在竭力擠掉不合作的于蔭霖後，將他所喜歡的端方從署理陝撫的位置上要來湖北。

第十九章　爆炸慘案

『皇上到了武昌城？』張之洞睜大了眼睛。『這事我怎麼會不知道，還要由你來告訴我？』

端方比張之洞年輕二十多歲。雖是巡撫，張之洞平時對他，不像對待譚繼洵、于蔭霖那樣的注重禮儀，端方也像晚輩對長輩一樣地對張之洞恭敬禮讓。如此，督撫之間的關係反倒和諧起來。

『是呀，這事我也納悶。照理說，皇上到咱們湖北來，朝廷第一個要告訴的是您香帥，同時，也應知會湖北巡撫衙門。我事先並不知道，是衙門裏一個文案告訴我的。我剛聽也不相信，那文案說皇上是微服私訪。我想，這或許也可以說得過去。』

張之洞知道，大清朝的皇帝微服私訪，那是康熙爺、乾隆爺那幾朝的故事。從嘉慶爺開始，這一百年來，就再也沒有聽說過微服私訪的事了，除到承德去避暑外，連公開到外地巡視也見不到了。難道說，咱們現在的這位爺，傚法起老祖宗的榜樣來，要以一介草民的身份來體察人情世俗？

『你說詳細點，是個什麼情況？』

端方說：『昨天，撫署裏的王文案告訴我，前幾天武昌金水閘客棧來了三個人，一主兩僕。主人二十幾歲，容貌清秀，舉止文雅，穿著打扮都是一副官家子弟的派頭。一僕三十歲左右，慓悍強健，類似保鏢。另一僕四十多歲，說話尖聲尖氣，像女人腔，又沒胡鬚，是個太監。店小二見這三個人與衆不同，花費奢豪，遠過常客。最奇怪的是，早早晚晚進食進茶，僕人必跪下請主人，又對主人稱聖上，自稱奴才。又見主人喫飯的碗是一隻玉碗，上面鏤刻着兩條鍍金的龍，龍爲五爪。店小二見此情景，大爲喫驚，便去告訴店主。店主將保鏢召去盤問。保鏢說，實不相瞞，主人乃當今皇上光緒爺，另一位乃沈公公。皇上四歲進宮後，便是沈公公服侍的，一天也沒離開過，故皇上將他帶來湖北。又說他自己姓蔡，乃九門提督下的參將，武功爲京城第一，故皇上叫他來保駕。蔡參將於是帶店主進房

陳念礽說：『我看八成是個冒牌貨。你們想想看，皇上被太后當囚徒一樣地管束着，他能逃得出宮嗎？聽說他身子骨很弱，能走幾千里路，到我們武昌來嗎？』

張之洞在心裏點點頭：念礽這幾句話還真是說到點子上了。

陳衍說：『這也難說。他到底是皇上，真要出宮，別人也是不敢攔他的，說不定還是太后有意放他出來歷練歷練哩。歷練成了，今後還繼續讓他做皇上。萬一在外面有個三長兩短，她也不傷心，正好藉此再立一個滿意的……』

『石遺這話最有見地！』梁鼎芬忍不住打斷陳衍的話。『我看說不定是真的。』

張之洞在心裏想着：陳衍的話也並不是沒有道理。

梁敦彥說：『真假在這裏說都沒有用，最好是要當面驗證下。聽說兩宮回鑾時有照片登在上海的《字林漢報》上，你們誰見過這張報紙？』

大家都搖頭。

『我倒是見過。』陳念礽說，『不過這都一年多了，誰還能找得出這張報紙來呢？』

『我有辦法！』幸鴻銘興奮地拍着桌面，桌上的碗筷被他拍得叮噹響。『不是說他手上有玉碗嗎，我們借它出來，讓香帥鑒定鑒定。香帥是古董家，又熟悉宮中用品。若碗是真的，那人也就是真的了！』

梁鼎芬說：『湯生說的也是個主意，衹是他們又怎麼肯讓你借出來呢？』

幸鴻銘想了一下，對張之洞說：『香帥，煩你出個公函蓋上湖廣總督關防，讓我帶上這個公函去見見他。他見是總督衙門的人，自然會借的。』

張之洞想：不管是真是假，總得要有人去見見面纔是。便說：『這也可以，你就帶上個公函去拜見拜見吧！』

幸鴻銘高興起來，忙說：『見皇上是要行三跪九拜大禮的，我可不知道這中間的環節。香帥，你過會兒教教我演習演習。』

陳念礽笑道：『還沒弄清是真是假先就演習起大禮來了，萬一拜了個假皇上怎麼辦？』

大家又都笑起來。

梁鼎芬想：這可是個千載難遇的好機會！若是真的，這就是一個攀龍附鳳的絕好時機；即便是個假的，見見也無妨。便說：『香帥，讓我也去一個吧，仔細替您辨辨。』

『行。』張之洞說，『不過，你們兩個都先自有個真皇帝的主見了，還得去一個相反看法的，方收兼聽之效。念礽抱懷疑態度，讓他也去一個吧！再說他見過報上的照片，多少有些印象。你們三個人一同去，都替我仔細看仔細聽，所謂聽其言觀其行，看誰是火眼金睛！』

第二天上午，幸鴻銘、梁鼎芬、陳念礽三人來到城西頭金水閘客棧，向客棧的店小二打聽。店小二神氣地說：『你們是拜見皇上嗎？你看那邊就知道了。』

順着店小二的手勢望去，衹見百把丈遠的一個小巷子裏，早早地排成一條人的長龍。店小二說：『那都是想見皇上的人，你們在後面排隊吧！』

三人來到小巷子邊，見排隊的人足足有三四百之多。一個個都興奮無比，一邊慢慢地移動脚步，一邊熱烈地討論着。陳念礽說：『這要排到什麼時候，衹怕天黑了還見不着。』

梁鼎芬對幸鴻銘說：『你不是揣着公函嗎？我們到前面去，我們是辦公事，叫他們讓一讓。』

第十七章　裱存真迹

『說得有理！』

幸鴻銘大步向前面走去。來到宅院門口，衹見店主和蔡參將一邊門柱坐一個，口裏不停地說：

『一人一個銀元，不要和皇上說話，看一眼就走，後面的人多着哩！』

幸鴻銘出外一向不喜歡帶銀錢，再加上先沒料到，身上一個子兒都沒有，回過頭來問念礽：『你帶了銀元嗎？』

陳念礽心想：這是怎麼回事，見皇上還要交一個銀元，這不是把皇上當猴兒耍了嗎？心裏先就有了幾分反感：『我們不交這錢，你把公函拿出來，給他們看看！』

幸鴻銘走到院子門口，對店主說：『我們是湖廣總督衙門的，讓我們先進去吧！』

店主一見紫色條形湖廣總督關防，立刻換上了滿臉笑容，忙起身打躬說：『既是制臺衙門裏的老爺，請進吧！』

那邊的蔡參將說：『先進去可以，每人得交一塊銀元。』

『什麼話？』陳念礽怒道，『辦公事還得交銀子嗎？』

蔡參將還要堅持，店主忙說：『你們進去吧，銀元歸我出。』

說罷，彎腰打躬，請他們三人進去。穿過一個不大的庭院，便來到正房。沈公公站在正房門邊，見有人來，扯起男不男女不女的嗓聲道：『跪下，一叩首！』

幸鴻銘、梁鼎芬聽到叫聲，便身不由己地跪了下來。陳念礽不願跪，仍站着。沈公公瞪了他一眼：『見了皇上爲啥不跪？跪下，一叩首！』

陳念礽很厭惡這種不男不女的腔調，身上彷彿起了鷄皮疙瘩似的不舒服。梁鼎芬拉了拉他的衣角，

陳念礽不跪。見這個年輕人實在不跪，沈公公也不再堅持，自顧自地繼續喊下去：『二叩首！三叩首！』

趁着這個機會，陳念礽把坐在正對面衹有兩三步遠的『皇上』仔細地看了幾眼。

這是個二十多歲的年輕人，面皮白淨，五官清秀，帶有幾分女人味。頭上戴一頂古銅色小便帽，帽檐正中處嵌一顆大紅棗狀寶石，身穿一件暗紅四開襖長袍，外罩一件石青常服褂，脖子上沒有朝珠，脚登一雙三寸厚的白底烏緞靴。與他從《字林漢報》上看到的光緒照確有幾分像，心裏想：莫非是真皇上？

幸鴻銘、梁鼎芬叩了三個頭後，沈公公說：『跪安吧！』

見他們還原地不動，又說：『你們可以走了。』

幸鴻銘從口袋裏揚出公函：『我們是湖廣總督衙門的，想和皇上說幾句話。』

沈公公接過公函，遞給年輕人。年輕人看了看公函，臉色微微一怔，但很快就恢復了正常，不待幸鴻銘開口，先笑着問：『你是洋人還是中國人？』

這位生在異域長在海外的混血兒，自從接觸中華典籍後，便在心靈深處滋生了一股很重的帝王情結。他依稀記得過去也在報刊上看過光緒的照片，的確也就是這個樣子，在他的想像中光緒皇帝也應該就是這個模樣。不知不覺間，他便認定這少年就是皇上了。

將近四十歲了，還從來沒有面對着皇上說過話哩，今日真是三生有幸，得遇真龍，機會難得，切莫錯過；即使他不是皇上，過過癮也好。想到這裏，幸鴻銘朗聲答道：『啓稟萬歲爺，臣幸鴻銘是中國人，祖籍福建同安。』

那少年又向跪在一旁的梁鼎芬問：『你是什麽人？』

梁鼎芬趁着閒在一旁的時候，也在仔細地審視着眼前的一切。他没有見過皇帝，但他見過太監。就他的觀察，這個沈公公是個真正的太監。無論是從説話上，從無鬍鬚上，還是從他的舉止動作上來看，的確是個真正的而且是訓練有素的太監。太監是真的，皇帝的真實性便隨之增加。但梁鼎芬比辜鴻銘老練點，他還不能完全認準，他要借取別物來證實下。成天在皇帝身邊的王公大臣，他認識得極有限，一時也想不出個合適的人來。猛然間，福至心靈，他想起已做了自己八姑丈的吳永來。逃難過程中，吳永與太后皇上朝夕相處幾個月，若真的是皇上，他不可能不認得吳永。於是答道：『我是湖廣總督衙門總文案兼兩湖書院山長，吳永是我姑丈。』

少年問：『吳永是誰？』

梁鼎芬猛一驚，他不認得吳永，莫非是假的！這時辜鴻銘、陳念礽也都浮起與梁鼎芬同一個想法。

梁鼎芬説：『吳永原是懷來知縣，後護駕西行，現蒙恩放了廣東雷瓊道。』

『喲，你原來説的是懷來吳知縣。』沈公公在一旁代爲回答，『他是太后的人，皇上没有跟他打過交道，皇上自然不認識他。』

這話説得對，吳永本是太后的人，皇上不認識他也可理解，辜、梁釋懷了，陳念礽却仍有點疑惑。

『你們要説什麽，快説吧！』沈公公顯然不願意和他們多説話，再次下逐客令。

辜鴻銘説：『回禀萬歲爺，張制臺本想來朝拜萬歲爺的，但他没有接到廷寄，不敢造次。』

那少年笑道：『張之洞是個老滑頭，他懷疑朕是假的，故不來見。你可以告訴他，朕並不想見他，至於朕是真是假，朕不多説。朕這裏有一隻玉碗，你可拿去給他看。他在京中做過翰林，應見過宫中

物品，是真是假他看看就知道了。不過，明天你們一定要還給朕。』

沈公公忙説：『這玉碗不能隨便拿去，你們帶有什麽值錢的東西嗎？存下做抵押，明天一手交碗一手還給你們。』

陳念礽説：『我們將公函放在你這兒做抵押還不行嗎？』

沈公公説：『公函又不值錢，它怎麽能作抵押！』

陳念礽心裏氣憤，但也不好與他們争吵。

辜鴻銘在身上摸來摸去，突然説：『我這有塊英國帶回的金殼懷錶，上面有英女王的像，留下它作抵押吧！』

説罷將懷錶取下遞過去。沈公公接過看了看，又遞給那少年。少年接過懷錶，翻來覆去地看了看，滿臉笑容説：『這個懷錶值錢，行，留下做抵押吧。』

陳念礽心裏想：這人好像從來没有見過洋人造的懷錶樣，憑這點看來也不大像。

辜鴻銘接過用黄緞布包好的玉碗，和梁鼎芬、陳念礽一道離開宅院，趕緊奔總督衙門。

張之洞正在翻閲着臨時叫大根從武漢三鎮買來的各種小報。這些小報上全都刊載了皇上來到武昌的新聞，有一份小報還將唐朝的事拿來類比，説太后是武則天，皇上是李旦，皇上到武昌，是來找張之洞保駕的。張之洞看後，真是又好氣又好笑。

張之洞捧着辜鴻銘帶來的玉碗，上上下下細細觀賞着：這是一隻羊脂玉雕的小碗，比通常的飯碗略小一點，上面鏤刻着兩條騰雲駕霧張牙舞爪的彩色飛龍。仔細看這兩條龍，又似乎跟通常所見到的帝王用品上的龍略有不同：它的綫條豐富，色彩飽滿，富有立體感，給人一種活生生的仿佛就要離碗

飛去的感覺。張之洞在心裏暗暗叫好，如同平日鑒賞古董一樣，他拿起碗對着窗外照看，爲的是借用强烈的陽光來透視。這時，他看清了碗的一角有一塊小指頭大的裂痕。『這玉碗修補過。』他一邊想，一邊將玉碗輕輕地在手中摩挲着，有似曾相識之感。猛然間，他想起來了，這不就是那年潘祖蔭請大家看的那隻御碗嗎？

那是二十多年前的事了。張之洞剛剛從四川學政任上回到北京，立即成爲以李鴻藻、潘祖蔭爲首領的清流黨中的重要成員。那時潘祖蔭身爲刑部尚書，以精於鑒賞古董聞名於京師官場。他也兼上書房師傅，教讀衹有七八歲的光緒皇帝。有一天他去上書房較早，光緒正在早膳，因爲粥有點燙嘴，發氣將碗一甩，掉在青磚地上。一旁服侍的太監嚇慌了，忙把碗拾起來，發現碗口斷裂了一小塊。主管太監將這個太監狠狠責打了四十大板。不是主管太監太兇惡，而是這隻御碗委實不尋常。它是當年康熙親手賞賜給乾隆的禮物。

康熙晚年，宫中來了一名洋畫匠，名叫郎世寧。他是意大利的傳教士，又是一位造詣很高的畫家，康熙喜歡他的畫。召他入值内廷如意館，賞給他三品頂戴，並讓他爲自己畫像。晚年的康熙極疼愛他的第四子雍親王的兒子弘曆。弘曆十歲生日前，恰好盛京將軍向康熙呈獻一塊百年難遇的純净無瑕的羊脂玉，康熙命工匠雕成一隻小飯碗，又叫郎世寧用油彩在碗上畫了兩條飛龍，然後再叫工匠依照郎世寧的畫鏤金鑲彩，成功了一件絶世佳品。在弘曆十歲生日那天，康熙親手賞給他的這個小愛孫。

因爲此，弘曆跟郎世寧結下了友誼。到了他登基做乾隆皇帝後，郎世寧受到他的格外寵愛。郎世寧也感知遇之恩，盡心盡力爲乾隆服務，不但爲乾隆畫了《乾隆皇帝大閲園》這樣的傳世名畫，還成爲圓明園工程的主要設計者。

第十九章　爆炸慘案

乾隆很看重爺爺所賞的這隻玉碗，將它珍藏着，以後一直無人動用。同治帝登基時還衹有六歲，慈禧疼愛兒子，希望兒子倣法祖宗，便叫内務府找出這隻碗來給兒子喫飯用。到了光緒登基時，因爲也是小孩子，於是沿同治舊例，也用這隻碗喫飯。不料今日給摔破了，這主管太監能不又惱怒又恐懼嗎？好在掉下來的那塊小片還完整未碎，主管太監擬請人修補，但他不熟悉這種事，便請教已親眼看到這一幕的師傅潘祖蔭。潘祖蔭一口答應，並樂意親自來辦理這事。主管太監求潘師傅把活儘量做好，做到讓人一眼看不出，如此纔好遮人耳目。

潘祖蔭帶着這隻碗出宫，找了一個他平日所結交的修補古董的一等高手。經過此人的高超手藝，果然乍看起來，就像没有破損的一樣。潘祖蔭心裏高興，他知道他的好友張之洞、陳寶琛、張佩綸、寶廷等人都是愛好鑒賞的人，平日没有機會見到這等國寶，應該讓他們看看，開開眼界。於是，將他們四人請到他的家裏，五個人愛不釋手地把玩一整天。半年後宫中傳出消息：這隻經過修補的玉碗失竊了，任怎麽追查，都没有查出個下落來。一件國寶，就這樣給丢失了。想不到，今日却不用吹灰之力，便擺到了自己的眼前！張之洞心裏興奮莫名。

『香帥，這碗是真的宫中之物嗎？』辜鴻銘見張之洞品得出神，禁不住問。

『真的。』張之洞眼睛仍没有離開這隻玉碗。『它是皇上小時候喫飯的碗。』

『那好啦！』辜鴻銘高興得鼓起掌來。『我的頭没有白叩，的確是真皇上來了！』

『皇上是假的！』張之洞眼睛離開了碗，神色嚴肅地對辜鴻銘説。

『真碗怎麽反而换出個假皇上來？』辜鴻銘不理解，灰藍色眼珠子左右不停地移動。

『正因爲是真碗，纔是假皇上。』

張之洞把二十多年前的那樁掌故大致說了說。

陳念礽說：『我一直覺得奇怪。既是皇上見百姓，爲何要收銀元？拿碗給我們，還要以懷錶作抵押。小裏小氣的，就像跑碼頭的賣藝人一樣。說起吳永來，又懵然不知，就算是太后的人，他也不會從沒聽說過。』

梁鼎芬說：『說不定那隻碗後來又找到了呢？』

辜鴻銘說：『節庵問得有道理。失而復得的事是常有的。古人一顆珠子掉到河裏，二十幾年後還能從河蚌殼裏又得到哩！說真碗就是假皇上，有點武斷。』

陳念礽說：『我有個主意，不妨拍個電報到京裏去問鹿大人，他是軍機大臣，必然知道皇上的情況。』

梁鼎芬說：『念礽的這個主意可行，去問問鹿大人。』

張之洞說：『是可以拍個電報去問問鹿大人，但現在來不及了。他跟你們說好是明天要把玉碗還給他，假若他明天得了玉碗就離開武昌怎麼辦？我現在有八成把握斷定這一夥人是假的，但沒有十足的把握，又不好現在就抓他們。』

這時，大根在一旁插話：『我有個主意。』

大家都轉眼看着他。

『我想，做假的都在人前做，人後露出的一定是真相。今天夜晚，我伏在他們的屋頂上，掀開幾片瓦，看看他們做些什麼，說些什麼，就真相大白了。』

衆人都鼓掌叫好。

張之洞也笑着說：『我們這麼多飽學之士，當不得一個不讀書的人。我看大根這個主意最好，就請你今夜做個樑上君子。』

第十九章 爆炸慘案

晚上，大根穿上夜行服，趁着彌天夜色，不露一點聲響地躍上了金水閘店主的宅院屋頂。掀開幾片瓦，屋子裏的一切便都暴露在他的眼前。

一盞小油燈擺在八仙桌的當中，桌上堆滿了銀元，三個人分佔着三方，六隻眼睛都死死地盯着那一堆閃着灰白光芒的銀元。

沈公公說：『張之洞派人來拿碗，就是懷疑咱們。咱們明天拿到碗就走。』

白臉少年說：『我看也是早走爲好，張之洞那人不好對付。』

『怕什麼，你們都是膽小鬼。』蔡參將一邊收銀元一邊說，『既然你們說是真的御用物，就不應該怕張之洞懷疑。生意纔剛剛做起來，今天就比昨天多收了一百多塊，明天、後天還會更多，過兩天再走不遲。』

沈公公打了個哈欠，對白臉少年說：『小三子，聽我的，明天拿到碗無論如何要走。他實在不走，我們倆走！』

用不着再聽下去了，這哪是什麼皇上，分明一夥騙錢的流氓！大根躡手躡腳地離開屋頂，一溜煙跑了。

『事不宜遲，現在就去抓！』張之洞聽完大根的稟報後，立即作出決定。『夜裏抓更好，免得驚動附近百姓，你帶兩個人去，抓來後先關起，我明天再請湖北三憲過來一道審。』

第二天下午，張之洞將湖北巡撫端方、湖北布政使瞿廷韶、湖北按察使李岷琛請到督署，並學西

第十八章　曝料答案

方國家的樣，邀請武漢三鎮報館派人參加旁聽。三個被押上公堂的案犯，見此情景，早已嚇得全身發抖，不用多問就全盤招供。

原來，沈公公真的是一個在宮中呆了三十年的太監。他的師傅當年偷了那隻玉碗，原想偷運出去賣掉，後來風聲緊，他不敢冒險，就在宮裏挖了一個洞將它藏起來。這一藏便藏了二十多年。臨死時，把這事告訴他惟一的徒弟沈公公，叫沈公公挖出這隻碗後離開皇宮，一輩子可以過自在的好日子。沈公公拿了這隻碗後逃出京城，在一個客棧裏遇到了小三子。小三子是一個戲子，在京城王府裏演過戲，對貴族旗人有些瞭解。小三子提出扮演皇上騙人的主意，皇帝的衣服就是他演戲的行頭。後來又找了一個刻字匠刻玉璽，於是這個刻字匠也入了夥，做了蔡參將。武昌是他們的第一站，幾天來已騙了近三千銀元。

審訊完畢後，張之洞將這三個騙子判了個殺頭示衆。第二天正午在漢陽門碼頭公開行刑，觀者達數萬人之多。張之洞又將此事寫成一個奏摺稟告朝廷，並說明失落二十多年的康熙朝玉碗已起獲，將派專人護送至宮中珍藏。

一件轟動武漢三鎮的真假皇上案就這樣給破了。辦完這件案子後，張之洞心裏很長時間不能平靜：連皇上都敢假冒，這世界利令智昏到了何等地步！幾個騙子自稱是皇上，就有這麼多人相信，連省垣官府也將信將疑。這說明如今官場的章法多麼混亂，如今的百姓多麼愚昧。這樣的國家能自立自强嗎？

第十九章 爆炸慘案

這天午後，梁鼎芬笑笑地走進簽押房，對正在辦公事的張之洞說：『香帥，按照您的指令，兩湖書院已選出三十二名品學兼優的學生，作爲官費留日生。明天下午書院開歡送會，後天一早他們就要乘船離開武昌了。』

『哦。』張之洞放下手中的筆，轉過臉來。這些年來，張之洞十分注重派遣學生出國留學，除開各種實業學堂大批選派外，湖北的兩湖書院、經心書院，湖南的嶽麓書院、城南書院等以傳統中學爲主兼習西學的官辦書院，也都選拔過一些優秀學子放洋深造。在張之洞看來，學實業的宜去英德美法那些國家，而學軍事、法政、師範等科目的則去日本更好。日本與中國同文同種，日本的經驗最值得借鑒，且相距近，費用少，中國的銀元也可在日本直接通用，彼此之間都省去了許多麻煩，故而張之洞大力提倡去東洋留學。因陳衍的銅元局爲湖廣衙門增加了財力，這次擬在湖廣兩省派遣兩百名官費留學生，其中留日的有一百四十名，分配給十餘所書院，兩湖書院是人數最多的一所。

『兩湖的學生後天就走了，其它書院的呢？』

梁鼎芬說：『兩湖的先去上海打前站，約好所有留日生，月底在上海大東旅館聚合，再坐同一艘船去日本。』

『行，這很好。』

張之洞順手端起桌上一隻粗大的白瓷盃子。這盃子裏裝的不是茶，而是參湯。多年來，趙茂昌每月給督署送來十支特製人參。每天上下午喝下一盃這樣的參湯，已成了張之洞的習慣。

『明天書院的全體師生都要參加歡送會，場面盛大隆重。卑職想請香帥百忙之中，抽空去書院講幾句話，接見這三十二名學生，一來給卑職和兩湖書院增光，二來也爲這批留學生壯壯行色。』

先前兩湖書院也送過幾批留學生，說是要去看看他們，總因忙也没去成。這次人多，且今後要把此事蔚爲風氣，藉這個機會鼓吹鼓吹也好。張之洞點了點頭，說：『好哇！明天下午我去說幾句。』

梁鼎芬很高興：『那晚飯就賞臉在兩湖喫吧！』

『飯不喫。』張之洞立刻拒絶。停一會，又問：『這批學生中有特别出色的人才嗎？』

『個個都優秀，出色的也有好幾個。』梁鼎芬想了一下説，『其中有一個特别卓異之才，我看他今後有可能成大器。』

『噢，你説説看。』學政出身的張之洞對人才有一種出於本能的濃烈興趣。

『這個學生名叫黄興，湖南善化人，秀才出身兼習武術，二十四年進的兩湖。此生品學兼優，文武兼資，文似東坡，書工北魏，詩尤其豪氣磅礴。卑職掌兩湖十餘年，像黄興這種出類拔萃的人尚不多見。』

聽了這番話後，張之洞越發來了興趣：『你説他的詩氣勢壯，唸一首給我聽聽。』

『黄興有一首咏鷹的五律，我很喜歡，背給香帥聽聽。』

梁鼎芬略爲思忖後背道：

獨立雄無敵，長空萬里風。
可憐此豪傑，豈肯困樊籠。
一去渡滄海，高揚摩碧穹。
秋深霜氣肅，木落萬山空。

『好！』張之洞高興地站了起來。『就爲了見見這個黄興，我明天也要去一趟兩湖書院。』

次日下午，一向平静的兩湖書院變得熱鬧起來，書院最大的會講場所——傳道堂里佈置一新，講臺上方拉了一條二丈多長的大紅布，上面剪貼着八個大字：負笈東瀛，爲國求學。大字下面還貼着一

第十九章　爆炸慘案

行較小的字：歡送官費留日學生大會。書院六十餘名各科教習，四百餘名學生早早地來到這裏，絶大部分學生都對坐在第一排的三十二名留日生投去羡慕的眼光。

山長梁鼎芬主持這次盛大的歡送會，因爲有張之洞的講話這場重頭戲，故梁鼎芬簡單地説了幾句開場白後就高聲地宣佈：『現在我們恭請制臺大人張香帥訓話。』

張之洞雖然仍掛名書院的名譽山長，但自從出了唐才常的事後，就再也没有來過兩湖書院了，這兩年進書院的學生纔第一次見到他。原來是這樣一個又矮又醜的衰老頭子！許多學生望着走上講臺未著官服的湖廣總督，心裏這樣嘀咕着。

『諸位師生，兩湖書院此次又有三十二名學生去日本留學，是一件大好事，鄙人很樂意參加歡送會，並説幾句話。』張之洞乾咳了一聲，操着帶有明顯南方口音的官話説着，『去年兩宫回鑾之際，鄙人同兩江劉峴帥，連上了三道條陳，其中有一條重要的建議，便是廣開遊學，得到了太后、皇上的旨准。兩湖用官費派遣留學生，本在各省之先，今後更要擴大名額，年年資遣。這次兩湖共有二百名去西洋東洋，光我們兩湖書院便有三十二名。明年，鄙人擬派二百五十名，兩湖書院可派五十名，衹要品學兼優者，都有出洋的機會。』

學生中間已開始有小聲議論了。有的説，别看這老頭子模樣不中看，説話的中氣倒蠻足的。有盼望出國的學生，更喜形於色，禁不住悄悄地互相鼓勵。

『鄙人之所以動用大筆經費派遣留學生，當然首在爲國家爲兩湖培養人才。兩宫旨准了鄙人與劉峴帥的條陳，這表示兩宫將要在全國大辦洋務，大辦新政。國家和兩湖急需大批洋務人才，所以要派優秀學生出國學製造，學冶煉，學測量，學軍事，學法律，學師範，學成回來報効國家，報効兩湖。諸

位留學的銀子，雖說是湖廣總督衙門拿的，其實都是湖廣老百姓的血汗錢。所以鄙人希望你們不要糟踏了這筆錢，要好好讀書，多聽多觀察，真正地把洋人的本領變爲自己的本領。若有到了東洋後，不把心思花在求學上而是去喫喝玩樂、下賭場窑子的話，鄙人知道後固然要重罰，衹是，那些人首先要遭神明的詛咒。拍拍胸膛自問，這樣做對得起湖廣的父老鄉親嗎？對得起鄙人嗎？對得起自己的良心嗎？』

前排就座的三十二個即將赴日本的學生，人人臉上表情肅穆，心裏想：張制臺並沒有打官腔，說的是實實在在的話。每年官府給每人四五百銀元的留學費，這筆錢可供七八戶六口之家生活一年了。留日生中大部分家境都不寬裕，想到這點，他們對即將開始的新生活更覺珍惜。

『當然離鄉背井，去國留學，也是很艱苦的。首先是要學別人的語言文字，此外還得要習慣人家的飲食習俗，更不要說和洋人打交道的麻煩了。你們現在恐怕是高興多於擔心，鄙人倒是要勸你們，多做點喫苦的準備。不過，古人早就說過，不喫苦中苦，難爲人上人。你們一旦學成回國，那就不得了啦！要銀子有銀子。鄙人的洋務幕友，薪俸每月六十元，要比中文幕友多二十元。至於鐵路局、槍砲廠的督辦、高級匠師們更高，有一百到一百五十塊銀元的。你們想想，這銀元比別人多了幾多倍！想做官也容易。鄙人幕府中有個梁敦彥，從美國回來的，我已保薦他做江漢關道了，下個月就走馬上任。堂堂道臺，正四品，再過幾年，他就可升臬臺藩臺，做得好，也可以做撫臺制臺，前途大得很。諸位不要擔心留學的没有功名做不了官，衹要有真才實學，今後一樣地戴大傘帽，亮紅頂子！』

張之洞這番大實話，引起滿堂師生大笑，大家情不自禁地鼓起掌來。這掌聲把張之洞的情緒大大調動起來，他說得更起勁了：『有人說，萬一回來没事做怎麽辦，諸位也不要有這個擔心。你們是湖

廣派出去的，今後都統統回湖廣來，鄙人有的是洋務局廠可以安置。鄙人向你們擔保，一回來就給你們三十塊銀元的月俸。』

兩湖書院的教習不超過二十塊銀元，在東洋讀了幾年書，一回來就是三十塊，真是優待。

『也有的心裏在想，你張制臺六十多歲了，說不定哪天就死了，說話算不了數。諸位，你們放一千個心，鄙人會爲湖廣立個章程，今後不管誰來做湖廣總督都得執行。再說，鄙人死了，兩湖洋務局廠是不會死的，有洋務局廠在，就有你們大展抱負的天地。好好的學本事吧，你們個個都會升官發財，飛黃騰達的！』

湖廣總督這番赤裸裸的演講，贏得了兩湖書院那些將要出國或盼望出國的學生雷鳴般的掌聲和歡呼！

在這片高漲的激情中，三十二名留日學生魚貫走上講臺，接受總督的接見。他們來到張之洞的面前時，併足鞠一躬，張之洞再微笑着注目看一眼，算是答禮，站在一旁的梁鼎芬則將該生的姓名、籍貫、年齡向總督報告一遍。一個學生便接見完畢，第二個再上來。大約接見了十多個學生後，衹見一個學生與他的同伴一樣來到張之洞的面前，併足鞠躬，張之洞報以微笑，梁鼎芬在一旁高聲介紹：

『黄興，湖南善化人，二十八歲。』

噢，這就是黄興！張之洞的雙眼頓時亮起來，重新將面前的學生仔細看了一眼：中等身材，大頭寬肩厚背，兩目炯炯有神，渾身上下充滿着剛强和力量，站在那裏紋絲不動，如同一根柱石、一座石雕。張之洞心中暗暗叫好。他特爲站起來，走近黄興一步，和氣地說：『我聽梁山長唸過你的詩，詩寫得很有氣勢。』

黃興並不因總督給予他的特殊待遇而激動。他平靜地說：『謝謝大人，我的詩寫得並不太好。』

張之洞饒有興趣地問：『你自認爲可以做得最好的是什麼？』

黃興不假思索地回答：『指揮千軍萬馬，戰必勝攻必克！』

張之洞喫了一驚：此人心雄萬夫，看來深受湘軍的影響。

『有志氣！』張之洞脱口而出說了這句話後，心中無端湧出一絲不安來。『到日本後，準備學什麼？』

『準備進弘文書院學師範。』

『這很好，很好！』

張之洞有種寬慰的感覺。他自己也覺得奇怪，見到黃興的第一眼時，他就想到此人是將材，應勸他進日本陸軍大學學軍事，但不知爲什麼，當聽到黃興說出『千軍萬馬』的話時，立時又感到不安。現在，聽說黃興要去學師範，他反而放心了。

三十二名兩湖學生接見完後，梁鼎芬對張之洞說：『有兩個武備學堂的學生，前幾年也是由官費派往日本的留學生，這次回國休假，明天也和兩湖學生一道去上海。今天也參加了這個歡送會，他們想與香帥見見面，您看……』

『叫他們上來吧！』張之洞爽快地答應了。

梁鼎芬向臺下招了一下手，立時有兩個年輕的學生走上來。兩人併排來到張之洞的面前，併足鞠躬，然後自報家門：『湖北武備學堂學生吳禄貞，湖北雲夢人，現年二十二歲。』『湖北武備學堂學生藍天蔚，湖北黃陂人，現年二十四歲。』

第十九章　爆炸慘案

張之洞見二人筆挺地站在他面前，頗有點軍人的英武之氣，問道：『你們是哪年去的日本，在日本學的什麼？』

吳禄貞指着藍天蔚說：『他是大前年去的，我是前年去的，都在日本士官學校學軍事。』

『不錯。』張之洞點點頭，又問：『日本話都會說了嗎？生活上還習慣嗎？』

藍天蔚答：『日本話好學，有半年工夫就學會了。日本的生活與我們差不了太多，住兩年也就習慣了。』

『什麼時候畢業？』

吳禄貞答：『他明年畢業，我要晚一年，畢業後想再進陸軍大學讀習兩年。』

『學成後有什麼打算？』

藍天蔚說：『我們早就商量好了，回國後爲湖北新軍服務。』

這個回答令張之洞十分滿意。他走過去，拍着藍天蔚的肩膀說：『好，本大帥等着你們回來。祇要成績好，報到那天，本大帥便委任你做標統！』

『是！』藍天蔚、吳禄貞雙脚跟一靠，向兩湖新軍的統帥行了一個漂亮的軍禮。

一旁的梁鼎芬見兩個武備生搶了兩湖學生的風頭，心裏有點不是味道。突然間，他有了一個主意，對張之洞說：『明天的輪船十點起錨，九時準，我帶他們來督署向香帥辭行。』

『好吧，我等着他們。』

歡送會結束後，梁鼎芬招呼三十二名留學生：『剛纔武備學堂的兩個學生說的話，你們聽到了嗎？回國後爲湖北新軍効力，張香帥立馬便委任他們做標統。你們明天向張香帥辭行，也要表示回國

後爲兩湖効力，讓他把好缺留給你們。』

學生們大都表示願意。

第二天上午九時，梁鼎芬帶着三十二名學生來到總督衙門轅門口，正要進門，兩個挎刀的衛兵將衆人攔住。一人說：『制臺大人一早傳下話，此處乃衙門，不是書院，進謁者須衣冠整肅，磕頭拜見。』

梁鼎芬對衆學生說：『昨天是在兩湖書院，大家可依書院的規矩，向張香帥行鞠躬禮。今天要依衙門規矩，向張香帥行磕頭禮。』

不料，學生們却議論起來。原來，隨着西學科目在兩湖書院的設置，西方文明也傳進了兩湖書院。在湖北士人中，兩湖書院可謂受西風影響最深的地方。學生們知道，在歐美各國，早就廢除了跪拜磕頭等禮節，他們大多對中國仍普遍實行這種有損尊嚴的禮儀心存反感。何況，他們並不是張之洞的僚屬下級，憑什麼要向他跪下磕頭？於是大家都呆着不動。黃興說：『我們乾脆不辭行了，直接去漢陽門碼頭上船吧！』

衆學生都贊成。梁鼎芬急了，忙攔住大家說：『我去和香帥說說，看能不能免去磕頭這一項。』

梁鼎芬急忙走進衙門，來到簽押房說：『香帥，學生們不習慣磕頭，是不是請香帥免了？』

張之洞滿臉不悅：『這是衙門的規矩，怎麼能免？』

梁鼎芬說：『他們說，如果硬要磕頭，他們乾脆不辭行。』

『放肆！還沒出國就這樣無法無天了！』張之洞氣道，『這話是誰說的？』

『黃興。』

第十九章　爆炸慘案

『哼！』張之洞大爲惱火。『看來此生不是個安分守己的人！』

梁鼎芬心裏也焦急起來，後悔昨天不該多出『辭行』一節，招來了今天的麻煩。他彎下腰，低聲下氣地說：『香帥，這都怪卑職平日管教不嚴，使得這些學生無尊無卑，不懂規矩。但確實西洋各國現在都不行磕頭禮，他們纔敢這樣放肆。眼看他們就要出國了，今後都會是國家的棟樑，香帥也犯不了爲這點小事與他們鬧僵，倒是在他們臨行前再教誡教誡幾句最是重要。卑職想，就讓他們依原來書院的規矩，向香帥行鞠躬禮，借他們的口傳揚香帥大度寬容、禮賢下士的美德，也是一件好事。』

張之洞猛然想起唐才常的事來。是的，有幾句最要緊的話昨天在書院忘記講了，今天必須補上。磕頭或是鞠躬是次要的，這幾句話倒非講不可。

他板起面孔對梁鼎芬說：『就按你說的，讓他們進來吧！』

一會兒，梁山長帶着三十二名學生來到接客廳。待學生們在接客廳站好後，張之洞穿着全身官服，有意踱着方步款款走出。

『向制臺大人鞠躬！』梁鼎芬扯着喉嚨叫道。

衆學生都向張之洞鞠了躬，擡起頭看時，但見張之洞拉長着臉，兩眼冷冰冰的。

『昨天在書院，有幾句話鄙人忘記對各位說了。各位所去的東洋，西學西政固然先進，但也是一個藏污納垢的國家。爲害中國的罪魁禍首，康有爲、梁啓超、孫文等人都麇集在那裏。他們不僅結會辦報，而且私購軍火，與國內會黨強盜聯通一氣，圖謀暴亂，推翻朝廷。他們是一批十惡不赦的壞人。在你們即將起錨的時候，鄙人鄭重地對你們說一句：在東洋衹能讀書走正道，切不可誤入康、梁、孫文的賊船。鄙人昨天說了，學了真本事回來，保證你們升官發財，飛黃騰達。若鬼迷心竅，與康、

梁、孫文攪到一起，與朝廷作對，鄙人也決不會因你們是湖廣派出而法外施恩，到時别怪鄙人不仁不義了。各位快去碼頭上船吧，願一帆風順，好自爲之。』

走出衙門的三十二名官費留學生，在昨日與今日的對比中，似乎發現了兩個截然不同的湖廣總督。

不久，國家又出了一樁大事，湘軍最後一位元老，做了三十多年督撫的兩江總督劉坤一病逝江寧，朝廷令張之洞兼署江督。張之洞本不想接受這道任命，因爲他不願離開正在整頓與發展中的湖北洋務事業。但他想起此次去江寧，可以爲自己了却幾段情事，遂答應暫時署理三個月，請朝廷在這期間物色一個合適的兩江總督。

四　爲着一個婢女，盛宣懷丢掉輪電二局

再次署理兩江總督的張之洞，時常有一種淡淡的傷痛感。船過采石磯時，他想起六年前與時任皖南道的袁昶的歡快聚會。袁昶一向被他視爲門生中最有識見的幹才，且仕途順遂，實可指望日後成爲國家的棟柱。誰知恰恰是他的過人識見，招致殺身之禍。現在雖然已給他昭雪，並予以『文貞』的美謚，但到底是人去樓空，一切都晚了。從他個人來説，是冤裏冤枉地丢掉了一條命；對於朝廷來説，五大臣之死，隨同當年那場荒唐透頂的鬧劇一道，留給史册和後人的，將是永遠的耻笑和指摘。一股濃烈的悼念之情，聚集在他的胸臆間，不得不發而爲詩，藉以宣泄：

七國聯兵徑叩關，知君却敵補青天。
千秋人痛鼂家令，能爲君王策萬全。

民言吴守治無雙，士道文翁教此邦。
白叟青衿各私祭，年年萬淚咽中江。

鳧雁江湖老不材，百年世事不勝哀。
采石磯上青青樹，曾見傳盃射覆來。

江寧城内的鷄鳴山，是一處風光秀麗且承載着厚重歷史積澱的名山。那一年，楊鋭匆匆遊了一趟鷄鳴山後感嘆：儻若在此山上建一座樓房，供遊覽者飲茶小憩，遠眺山景，是一樁功德之事。張之洞記住了這句話。這次一到江寧，便撥款給鷄鳴寺，委託寺僧承辦，限定在三個月内建好。寺僧爲討總督歡心，不到兩個月，一座二層樓的屋宇便在山頂建立。落成之日，請總督題匾額。

張之洞一生題聯題匾已不計其數，而對着鷄鳴山上的這座樓，他手中的筆久久不能提起。若説袁昶的被殺，讓張之洞憤慨憂慮的話，楊鋭的被殺，則令他傷痛哀絶！

對於楊鋭，張之洞有着遠非一般門生可比的師生情誼。將近三十年了，由學生而幕友而常駐京師的代辦，這種非同尋常的關係，在張之洞的周圍再也找不出第二人。

楊鋭得張之洞的器重，除開他的學問人品外，最主要的是在中國維新改革這件大事上，他和老師持完全相同的態度。

他主張變革，主張學習西方，主張引進西學西藝直至西政，是一位站在時代潮流前端的激情洋溢的維新志士。

但他的維新主張是穩健的，他希望中國的改革是漸進的，是次第推行的，不贊同康有爲、譚嗣同

等人試圖一夜之間改變中國面貌的激進行爲。他也希望中國的改革是温和的，是在不過多傷害既得利益者的前提下達到國富民强的願望。他更服膺張之洞的『中體西用』的說法，認爲這纔是導中國於正途的惟一準則。他最大的願望是中國每個督撫都能像張之洞這樣脚踏實地地在本省舉辦新政，發展洋務實業，若中國每個省都像湖北省一樣，辦工廠，開礦山，建學堂，練新軍，有個十年二十年，還怕中國不富强嗎？

他的這些想法和張之洞非常吻合。可惜，他被當作『康黨』殺了頭，真是冤枉透頂。真正的康黨至今逍遥海外，被冤枉的康黨却已屈死多年，人世間是多麽的不公！令張之洞心中更爲痛苦的是，楊鋭的千古奇冤，他却不能爲之申訴，更不能爲之公開辯白！明明含着一肚子苦水，却不能把這苦水吐出！袁昶雖也是冤死，却很快得到昭雪，親朋好友可以名正言順地祭奠他，他的子孫不會因此而受牽連。可憐忠心爲國的楊叔嶠，至今仍身負惡名。朝廷没有爲他平反，人們便不敢公開悼念他，他的妻兒便不能擡起頭來堂堂正正地做人。作爲一個國家大臣，張之洞祇能把對楊鋭的這份情誼深埋在心底。得知楊鋭的妻兒已安全回到四川綿竹老家後，張之洞曾打發大根悄悄地到綿竹，代他去看望，再送二千兩銀子，叮囑他們切不可自暴自棄，天道神明，總是會保佑忠良的。

儘管如此，這幾年來，他每當想起往事，楊鋭那張憨厚的娃娃臉便會浮現在他的眼前，令他有如利箭穿心般的痛苦，也爲自己身居總督高位却不能援救一門生而難受。現在，他突然有了個想法：這個樓房本就是因楊鋭的建議而修築，何不就用此樓而紀念他呢？藉題匾額來表達這種心願吧！但這種表達又不能讓人看出來，諸如什麽『楊鋭樓』『叔嶠樓』之類的名字都不能用。煞費苦心地想了很久，張之洞終於想起楊鋭背誦杜甫的八哀詩來。八哀詩並非杜甫詩中最好的作品，且篇幅很長，但楊鋭却喜歡誦讀，且能一字不漏地全部背出。張之洞知道，這是楊鋭在藉古人之酒澆自己胸中的塊壘，老杜傷的是開元、天寶，楊鋭傷的是當今。

『君臣尚論兵，將帥接燕薊。朗咏六公篇，憂來豁蒙蔽』，楊鋭那略帶川音的抑揚頓挫之聲又響在耳畔。『豁蒙』吧，皇上受康梁之蒙，太后受宵小之蒙，纔會釀成戊戌年那場本可避免的悲劇，導致楊鋭的含冤受害。也是因太后受載漪、剛毅及義和拳之蒙，纔有庚子年那場本不應發生的慘禍，使得袁昶無緣無故地丢了頭顱。其實，又何祇太后、皇上要豁蒙，中國數萬萬百姓更需要豁蒙。幾個頭領登壇一吆喝，便有數十萬人響應影從，相信神靈附體、刀槍不入，這還不蒙昧嗎？有多少人終生不識一字，非但不懂西學洋務，連孔孟先聖的教導也不與聞，既不知富民强國，也不知修身養性，從生下到死去，渾渾噩噩、糊糊塗塗地過了一輩子。這些碌碌生靈，難道不更需要豁蒙嗎？這『豁蒙』二字，既寄託了對楊鋭的哀思，又表明了自己的期盼，真是太好不過了。

張之洞想到這裏，揮筆寫下了『豁蒙樓』三個遒勁的蘇體。

鷄鳴寺爲豁蒙樓舉行了隆重的落成慶典。在一片鼓樂歡呼聲中，人們發現，張之洞赫然站在樓上，神情分外激動。堂堂總督大人對這座並不高軒的豁蒙樓如此重視，讓許多人納悶不解。

下午，張之洞回到督署，剛剛坐定，巡捕便來報告：直隸總督袁世凱舟過江寧，希望會見香帥，現在下關客棧等候鈞命。

官場慣例：官員過境，同品級的當地官員要盡地主之誼，有客氣的則更是既迎又送，宴請之外再加饋贈。通常的督撫路過江寧，兩江總督都會奉行這些禮節，何况直隸總督光臨？直督乃天下疆吏之首，連總署對直督，也以平級相待，不用上下之間的稱呼，以表示對第一疆吏的尊重。若是別的直督

路過江寧，遇上的又是另外的一個江督，那必定是一派熱鬧非凡的官場迎送場面。但眼下是袁世凱過的張之洞的地盤，彼此之間的關係很是微妙。

在張之洞的眼裏，四十歲剛出頭的袁世凱，不過一後生小子罷了。在以魯撫身份驅逐義和拳出山東之前，袁世凱從没引起過張之洞的重視。儘管那以前的袁世凱，在朝鮮武功卓著，回國後在小站練新建陸軍廣受稱讚，乃至於破格簡授侍郎銜。所有這些，在張之洞看來，都算不了什麽。平定朝鮮內亂，能與打敗法國人的諒山大捷相比嗎？至於新建陸軍並没有經過戰場上的考驗，不能因爲它操練時的步伐整齊、甲胄鮮明，就斷定它是一支强大的軍隊。衡量一支軍隊强大與否，衹能是戰場上的勝與敗。部署過越南戰争，創辦過自强軍和新軍的制臺張之洞，並不因爲别人的表揚而特别看重小站那支新建陸軍。何况出身名門的袁世凱居然連個舉人也未考中，足見是個不走正路的紈袴子弟，充其量不過是個『不學有術』者而已。

真正使得張之洞對袁世凱刮目相看，是庚子年事變前，袁世凱對拳民本性的深刻洞察和所採取的强硬鎮壓措施，以及事變後參與東南互保的積極態度。這兩樁事使得張之洞對袁世凱的認識有了很大的改變：這小子至少在『有術』二字上還可以加上兩個字——有識。

然而，這種好感不久便被吴永的一番密談給沖淡了。儘管張之洞絶不贊成譚嗣同等人圍園挾后的荒唐做法，但對袁世凱的告密離間更爲厭惡。他認爲袁世凱此舉是地地道道的小人行徑。這是關係到一個大臣的人品操守的大事，史册上的奸佞，不就是指的這等人嗎？

出於對袁世凱品性的反感，張之洞不願意與他往來，但袁如今是直隸總督，路過江寧請求見面，又怎麽能不見他呢？再説，袁雖是順道拜訪，其實是有目的的。袁的目的，張之洞早已知道。

第十九章 爆炸慘案

原來，一個多月前，盛宣懷的父親盛康以八十四歲高齡病逝於老家武進縣。訃聞傳來，張之洞派女婿陳念礽代表他前去弔唁。盛宣懷告訴念礽，朝廷擬由直隸接管輪船招商局和電報局，但兩局商股董事們不同意，請香帥在這個關鍵時刻幫他的忙。念礽問他怎麽個幫法。盛宣懷説，袁奪輪電兩局，是因爲這兩局獲利甚豐，但他同時還兼漢陽鐵廠督辦，而鐵廠虧空甚大。請香帥告訴袁世凱，他是將輪電的赢利來補鐵廠的虧空，若北洋要輪電，則乾脆連鐵廠一道要去，否則的話，鐵廠無法辦下去。如此，袁有可能放棄奪輪電的想法。

陳念礽回江寧後，將盛宣懷這番話如實禀告岳父。張之洞知道，盛宣懷所謂的商股董事們不願意，實際上就是他不願意，因爲他是商股中控股人。對於盛宣懷，張之洞的看法是複雜的。

他本能地不喜歡這個人，這是因爲，第一盛宣懷是個以追逐利益爲人生目標的商人，深受儒學熏陶的張之洞對『惟利是圖』有很深的成見。第二盛宣懷是李鴻章的人，是靠李鴻章而發跡的。當年的清流骨幹一向對『濁流』李鴻章存很大的反感，即便他後來做了督撫，經辦與李鴻章相同的事業，也不改對李鴻章個人的初衷。因爲厭惡李鴻章，於是也便不喜歡李鴻章看中的人。

但是，張之洞又不能不佩服盛宣懷的洋務才能，尤其是鐵廠，讓盛做督辦的這幾年間，鐵廠的經營有了很大的變化。首先，鐵廠生産出來的鋼鐵質量大爲提高。其次，在江西萍鄉找到了很好的煤礦。萍鄉煤礦，品質既優，藴藏量又大，可以滿足鐵廠的需要。萍鄉煤的發掘，使得成本大爲降低，鋼鐵的價格也就降下來了。質量提高，價格下降，遂使得銷路迅速擴大，尤其是蘆漢鐵路的開工，全國鋼鐵的需求量很大，有時甚至供不應求。就這樣，漢陽鐵廠近兩年來紅紅火火，往日的虧空正在彌補中，盛宣懷的大赢利就在眉睫了。

這事，讓張之洞對盛宣懷不得不佩服！

盛宣懷是既不肯把輪船局和電報局交出來，也不願意把鐵廠交出來的。他是藉鐵廠恐嚇不懂內情的袁世凱，希望懂內情的張之洞不要說出鐵廠的真相。這一點，張之洞看得很清楚。

張之洞自然不願意輪電兩局落在北洋衙門的手裏。因爲這幾年盛宣懷的確從輪電兩局中騰出大量資金投入鐵廠，如果落入北洋的手，則斷了這道活水。袁世凱年輕而雄心勃勃，一旦讓他得到了輪電兩局，更是如虎添翼，眼裏不會再有別人的位置。讓一個不通文墨的暴發户平白撿下這大的便宜，張之洞實在不情願。經過這樣一番利益權衡後，張之洞決定幫盛宣懷一把。

前些天，他收到盛宣懷的信，説袁世凱藉給母親營墓的機會請假南下河南項城，繞道長江回天津。其目的：一是實地看看湖北的洋務，二是在江寧見張之洞，三是在上海見盛宣懷。

見不見袁世凱，張之洞這兩天在心裏猶豫着：不見他，讓這位新貴碰個軟釘子，殺殺他的驕盛之氣，這可爲日後與他談正事增加幾分威懾力；見見他，看看他到底是個什麽人，與他當面談盛宣懷所託辦的事，遏制一下他的張狂之心？

袁世凱並沒有像別的督撫一樣，沿途下滚單，明示地方官接待他，而是悄悄地來到江寧。這倒令張之洞生出幾分好感來，也促使他立時打定了主意。他吩咐何巡捕持他的名刺，帶二十名衙役、五十名兵丁，擡一頂緑呢空轎，前去下關客棧接袁制臺。

袁世凱這次下江南，其實是他龐大計劃中的一部分。

袁世凱二十五歲隨同吳長慶出兵朝鮮，衹用了短短十六年工夫，便從一個流落江湖的落魄漢爬上疆吏之首的高位。異乎尋常的順遂和成功，給了袁世凱巨大的自信力，也刺激了他更大的野心。他決

心在直隸轟轟烈烈氣勢磅礴地大辦新政——開廠礦，練新軍，辦學堂，以出色的政績爲今後攀登更高的地位、攫取更大的權力奠下基礎。他要更積極更主動地籠絡朝中權貴，依靠他們的力量，爲更輝煌的仕途掃除障礙鋪平道路。所有這一切的成功，最重要的保證是銀子。李鴻章利用截曠、扣建結餘下來的八百萬兩軍餉，幫了袁世凱的大忙，但要實現宏偉的規劃，這筆銀子仍是不够的。如何廣辟財路，成了袁世凱治直的第一件大事。他的心腹藩司楊士驤自然也在爲此而思慮。這一天，楊士驤興沖沖地對袁世凱説：『慰帥，有一個人願意送財神菩薩來，您接不接？』

『財神菩薩來，怎麽不接？』袁世凱拍着楊士驤的肩膀説，『蓮府，坐下來慢慢細説。』

『我的二弟士琦一向三教九流的朋友很多。昨天他對我説，他有一個朋友，原是盛宣懷的紅人，近來兩人鬧翻了。』

『盛宣懷的紅人？此人叫什麽名字？』袁世凱禁不住插話。

『此人名叫朱寶奎。他是盛的同鄉江蘇常州人。從美國留學回國後，便被盛所網羅。朱寶奎西學好，又極精明會辦事，大得盛的信任。先在輪船局做事，後又在電報局做事，從中獲得暴利。朱又花錢捐了一個候補道，盛於是委派他爲上海電報局總辦。盛做了鐵路公司督辦大臣後，又委任朱爲材料處長。十多年來，朱寶奎不僅積下巨資，且對盛宣懷辦洋務斂財的內幕非常清楚。這次的鬧翻，緣於一個女人。』

女人？平生最好女色已擁有一妻七妾的袁世凱，聽了這兩個字立時精神倍增。

『是的，一個婢女。』説這種艷事，楊士驤也是興趣極濃的。『盛宣懷身邊有一個很標致的婢女，朱寶奎看中了。他請盛宣懷將這個婢女送給他做小妾，他願出十萬銀元爲這個婢女贖身。朱寶奎滿以

爲自己爲盛宣懷出了很多力，又願出這等高價，盛一定會同意。不料，盛聽後怒火中燒，大罵道：朱寶奎，你這個狗日的，貪得無厭，居然打起我的主意來了，莫說十萬，就是百萬我也不會讓出。朱寶奎老羞成怒，決計離開盛另覓出路。』

袁世凱說：『盛宣懷是個明白人，他怎麽會爲一個丫鬟而得罪這等重要的夥伴呢？』

『我也這麽想過。據士琦猜測，這個婢女可能早已是盛宣懷的人了。盛宣懷是個老色鬼，身邊有個這樣的美人，他會放過嗎？』

『對對，很可能是個通房大丫鬟。』袁世凱連連點頭，『朱寶奎被美色衝昏了頭，沒有想到這一點，活該捱罵！』

楊士驤說：『士琦對我說，若慰帥趁此機會將朱寶奎挖過來，可以爲直隸帶來一筆大財富。』

『這話怎講？』

『盛宣懷經營的輪、電二局本是北洋的產業。這些年輪、電二局賺了數千萬兩銀子，由於李中堂放手不管，這些銀子全都進了盛的腰包。假若把輪、電二局收回北洋，那北洋一年豈不多幾百萬銀子的收益？』

袁世凱說：『據說輪、電二局是官督商辦，現在是商人集股在經營，直隸要完全收回來，在道理上有障礙，盛宣懷會死死地抓住不放。』

『所以朱寶奎這一來，便是天助慰帥。』楊士驤說，『輪、電二局裏面一定黑幕不少，別人不清楚，就說不到點子上。朱寶奎知內情，到時他可以揭發盛宣懷在這中間玩的手脚，直隸便可藉此接過來官辦，諒他盛宣懷到時不敢跟慰帥硬挺下去。』

『好主意！』袁世凱拍了拍茶几。『你告訴你二弟，就說直隸歡迎朱寶奎來，問他要什麽價？』

楊士驤說：『慰帥可以給他一個什麽價碼？』

袁世凱想了一下說：『先讓他做直隸洋務局總辦。若忠心替我辦事的話，三五年之間，我保薦他做個侍郎。他現在哪？』

『聽說住在京師。』

『你叫令弟去說吧！』

朱寶奎接受了袁世凱的價碼，並將他所知道的輪、電二局的內幕都告訴了袁世凱。

正在這時，盛宣懷的父親去世。朱寶奎抓住這個機會，向袁世凱建議，趕緊上一道摺子，說盛丁憂，輪、電二局無人管理，宜由直隸收回，請朝廷允准。這是個好主意，袁因此而不得罪盛，朱也免去賣主的譏責。

不出所料，盛宣懷果然以輪、電二局系商股集資爲由拒絕交出。

無奈之際，袁世凱衹得拿出第二套方案，即以爲去年去世的母親修墓作藉口，親自去上海面見盛宣懷。至於他的底牌，便是朱寶奎的揭發材料。

離開保定前幾天，袁世凱給盛宣懷拍去了一個電報。第二天便收到回電：直隸若硬要收回輪、電二局，請連漢陽鐵廠一並收去，因爲無輪、電二局贏利爲補貼，漢陽鐵廠則無法辦下去。

因爲這個緣故，袁世凱決定順路察看設在武昌的洋務局廠，路過江寧時拜訪張之洞，當然也有另外一個目的：聯絡聯絡當今這位天下真正的第一總督。

袁世凱不愧爲一代梟雄。他除雄心勃勃、精力過人外，且洞悉人情世故，精於官場上的做工。他

深知張之洞今日所處位置的重要程度，決定不惜以門生和晚輩的身份去巴結依附。他在武昌停留三天，由署理湖督端方陪同，細細地參觀了鐵廠、槍砲廠和布、蔴、紗、絲四局。他本是一個極愛鋪張排場的人，卻有意減殺儀仗，降低規格，輕車簡從不露聲色地來到江寧城。張之洞派出這樣一支龐大的隊伍來接他，他心裏甚是高興。

轎隊離兩江總督衙門外的木柵轅門還有百把丈遠的時候，袁世凱便吩咐停轎。他走出轎門，步行通過轅門，然後在大門口肅立，請何巡捕將他的名刺呈送給張之洞。袁世凱此舉，用的是晚輩見長輩、門生拜老師的禮節，全不像是直督與江督之間的平等會見。

一會兒，何巡捕恭請袁世凱進去。袁世凱帶着一名貼身侍衛，跟在何巡捕的身後，穿過逶逶迤迤的回廊小徑，來到西花園旁邊的花廳。張之洞穿着一身鬆軟的絲棉長袍，坐在一把粗大的舊藤椅上看報，見袁世凱快要走近了，站起身來，滿臉堆笑地打着招呼：『慰帥，你來了！』

袁世凱走到張之洞面前，畢恭畢敬地鞠了一躬：『給香帥請安！』稍停片刻，又補充一句：『世凱是晚輩，請香帥千萬不要以慰帥相稱，叫一聲慰庭，我已受寵了。』

張之洞哈哈一笑說：『好，難得你這般謙抑，我就叫你慰庭吧！』

說着，伸出一隻手，指了指對面一把高背靠椅：『坐吧，今天陽光格外好，我請你到西花園會面，順便讓你瞧瞧洪天王的石舫與李文忠的九曲橋。』

洪秀全建天王府時，特爲在西花園的湖中雕刻一座大型的石舫。後來李鴻章署兩江總督，修復被火焚燒的天王府，又在湖中架起一座彎彎曲曲的石橋。於是，石舫和石橋便成了江督衙門裏的景點。但稱洪秀全爲洪天王，又將他與李鴻章的謚號並列稱呼，袁世凱覺得有點怪怪的。心想：人言此老與

衆不同，果然有點標新立異的味道。遂笑道：『久聞江督衙門裏西花園的大名，果然景致好。』

張之洞見袁世凱穿的衣服不多，便問：『江寧地面冬天冷，你穿的衣服夠嗎？』

袁世凱說：『晚生在朝鮮十年，那裏冬天滴水成冰，已習慣寒冷了。江寧雖冷，比起漢城來要暖和得多。這些衣服足夠對付。』

張之洞望着眼前這位個頭雖矮卻壯實英挺的直隸總督，不覺嘆道：『到底是年輕，老夫怕冷，若是陰雨天，都不敢出門。』

說話間，衙役早已端上香茶菓點。

袁世凱笑着對張之洞說：『光緒三年，先伯父病逝，朝廷飾終甚隆。御賜祭文和御製碑文均出自香帥手筆。二十多年來，我袁家一直拿這兩篇文章作爲範文命子弟誦讀，不惟銘記皇恩，也讓子弟從小就知道什麼是好文章。晚生也從中得益甚多。如「風淒大樹，留江淮草木之威名；月照豐碑，還河岳英靈之間氣」這樣的句子，真是字字珠璣，句句警策。』

袁世凱雖是在恭維張之洞，但說的是事實。光緒三年，刑部左侍郎袁保恒在陳州放糧時染時疫而歿。張之洞那時正在翰林院做編修，奉旨爲袁保恒草擬御賜祭文和碑文。文章是做得不錯，他自己也引爲得意。袁世凱提起這段往事作爲初次見面的開場白，應該是極爲聰明的一着。但張之洞有意不買賬，淡淡一笑，說：『那是老夫的奉命之作，不必太看重。』

袁世凱心裏一冷，但立刻便又恢復笑容，說：『在香帥您是小事一樁，在袁府可是特大之事。因爲此，晚生從小便崇仰香帥。這次有幸能在江寧城拜見，實慰平生素志。晚生特備一份薄禮，敬獻香帥，以表心意，還望香帥笑納。』

袁世凱側過臉去，對站立在一旁的侍衛説：『把獻給香帥的禮物拿出來。』

侍衛答應了一聲，從隨身帶的長布袋中取出一個長約兩尺的木匣，雙手捧着。

袁世凱親自打開木匣。張之洞看時，原來木匣裏平放着一把手劍，劍鞘上鑲滿一排光亮耀眼的各色珠寶。

袁世凱説：『這是一把德國打造的元帥劍。香帥身兼兩湖兩江制軍，手創自强軍和新軍兩支軍隊，這把元帥劍佩戴在香帥身上，最是適宜。』

袁世凱是一個請客送禮、拉幫結派的高手，最善於送禮，也捨得在這件事上花力氣花錢財。爲給張之洞送禮，他和他的幕僚們反反覆覆地商議了好久。他們知道，張之洞是個不受苞苴的清廉人，送銀票送珠寶，他定然不會接受。張之洞平生雅愛古董。有些幕僚建議，送他一個商周鼎爵或是漢唐陶雕。但也有人説，張之洞是這方面的專家，而我們又缺乏此中學問，萬一送了個假古董，遭他取笑，反而不好。最後還是袁世凱自己作了決定，將他那把在德國打造的元帥劍送去。因爲一則此物貴重，張身爲制軍，禮物和身份相吻合。二則張是文人，缺的是武威。常言説，缺什麽盼什麽，張以文人典兵盼的正是肅殺之氣，這把元帥劍能讓他滿足這種企盼。衆幕僚都佩服袁世凱的過人之見。

袁世凱親手捧上木匣，對張之洞説：『請香帥笑納，給晚生一點面子。』

張之洞眯起老花眼，仔細地盯着這把光彩四射的寶劍。這把劍的確引發了他的興趣。儘管張之洞不收受禮物，但一年到頭，總有不少人爲了自己的目的，挖空心思地向他敬呈各種禮物。不過，從没有誰送他兵器一類的禮物，大家都當他是一個文人，没有人懂得他借武補文的心理需求，袁世凱是惟一懂得這種心態的人。

如果没有對袁世凱的成見，如果没有『給點顔色看看』的準備在先，張之洞很可能會欣然接受的，但現在他要拒絶。

『慰庭，你這是什麽意思？』張之洞拉下他的長臉。『老夫雖是制軍，却是一介儒士，並不會使槍弄劍。儻若有人要謀殺老夫，老夫即使握着你這把劍，也保護不了自己。若是要靠佩着這把劍來增加統帥的威嚴，那羽扇綸巾的諸葛亮，布袍葛帽的王陽明，從不執刀佩劍，他們號令三軍的威嚴，又從何而來？你不要再提「笑納」「面子」一類的話，快把它收起來吧！』

毫無商量餘地的拒絶，滿臉秋霜似的冷淡，换在任何一個督撫的身上，一時都難以擺脱尷尬的困境，然而袁世凱衹在一瞬間的難堪之後，立時心緒坦然，依然臉掛微笑。

他輕輕地把木匣蓋上，再遞給侍衛收起，然後重新坐好，從容説道：『香帥這番話給晚生很大的啓示，晚生讀書少也不求甚解，衹知刀槍劍戟可增將帥的威嚴。今日聽香帥這番話，方知古人説的不怒自威、不武自强的道理。看來，古之諸葛亮、王陽明，今之香帥纔是真正領兵的大帥，像晚生這樣衹看重刀槍武功的，已落入第二流了。』

這幾句話，説得張之洞心裏十分受用，他捋起長鬚笑道：『你這話算是悟道之言，看來你是一個有天分的人。老子説大方無隅，大象無形，《易·繫辭》説形而上者謂之道，形而下者謂之器。大者上者，總是無形的，無形的方爲道；小者下者，有形可求，却祇是器而已！慰庭呀，你平日做事多，讀書少，不懂學問的精奥。不過你還年輕，今後做事之餘，還要多讀點書纔是。』

袁世凱一副誠懇的模樣：『香帥指教的極是。晚生少年不好讀書，衹樂於騎馬射箭，以爲讀書無用，打天下靠的是武力，治天下靠的是峻法。後來做了巡撫，方知治天下乃是絶大的學問，纔覺得肚

子裏的書讀少了。我是真心實意想拜香帥爲師，今後能得到您的多方指教。』

張之洞心想：都說袁世凱不通文墨，衹知詐術，看來並非如此。他也知道學問的重要，知道自己讀書少，這就是聰明了。常言說知恥近乎勇。孺子可教！張之洞心中對袁世凱的反感頓時減了幾分。

『你要拜老夫爲師，這心意當然好，但大可不必。』張之洞緩緩地說，『你現在身居天下第一督撫的位置，可以廣延天下第一流英才，衹要你不拘一格攬人才，自然良師佳友滚滚而來，强過拜老夫一人爲師多多唉！』說罷捋鬚哈哈大笑。

張之洞公然以師自居的態度，若擺在別的督撫面前，也會令人難以接受，但袁世凱聽了心裏却很高興，又感覺到張之洞這一『哈哈大笑』把彼此間的氣氛弄得活絡了，於是也笑了起來說：『若真有天下第一流英才願來直隸衙門，我會學築黄金臺拜郭隗的燕昭王，推心置腹，以師相待。』

『好。』張之洞脱口而出。『有你袁慰庭這個氣度，自然會有今日郭隗去投靠的。』

袁世凱覺得因送劍而引起的不諧氣氛已消除得差不多，是轉入正題的時候了。

『香帥，這次我在武昌和漢陽看了您所創辦的好幾處洋務局廠，一個個規模闊大，氣象宏偉。您爲了大清的富民强國，十多年來踏踏實實地做大事，辛辛苦苦地辦新政，如今是業績彪炳，碩果纍纍，不僅爲湖北造福祉，也開天下之風氣。晚生在武漢三日，受益之多，終身難忘。原先衹是耳聞，這次是目睹。對香帥，晚生實在五體投地了！』

說袁世凱對張之洞辦新政佩服，也不全是虛假的。戊戌年，建議調張之洞入京主持新政大計，態度最積極的便是袁世凱。這些年湖北的洋務局廠已成了張之洞生命中的重要組成部分，他已和它們血肉相連、息息相關。他本是個性情中人，情緒化很濃烈，誰要是在他面前敢於詆毁他辦的這些洋務局

廠，他很有可能立刻將他視爲敵人，反之，本來心有嫌惡，却可以瞬間化爲朋友。

『慰庭，不是老夫自誇，辦洋務，老夫雖不是首創之人，却是一個有大格局、遠眼光的人。你看漢陽鐵廠，是全亞洲最大的鋼鐵廠，這話不是老夫說的，這話是洋人說的。布、紗、蔴、絲四局，直接爲民造福。過去曾左沈等人辦洋務，眼睛都盯在軍事上。軍事當然重要，但老百姓的日常生活更爲重要，洋務局廠要辦到讓老百姓都感到得利獲益，這洋務纔算真正辦成功了。』

這話說得好。袁世凱點了點頭，但他此刻不是來領教辦洋務局廠的，他是衝着盛宣懷手中的輪、電二局來的。盛宣懷提出要收輪、電二局就非得把鐵廠同收不可的條件。他看鐵廠，拜會張之洞，就是來摸這個底的。

『漢陽鐵廠，真個是氣概非凡。晚生在那裏足足看了一天。見那裏鋼花飛濺，產品山積，通往長江碼頭的路上，搬運鋼材者車水馬龍。在直隸時聽人說，漢陽鐵廠是名聲在外，其實生產蕭條，虧空嚴重，實地一看，纔知道那是造謡……』

『說這話，不止是造謡，簡直是造孽！』張之洞迫不及待地打斷袁世凱的話。『正在興建中的蘆漢鐵路上鋪的鋼軌，全是用的漢陽鐵廠的產品，僅這一項，每年便爲國家節省數百萬兩銀子。現在，漢陽鐵廠的鋼材已遠銷南洋，甚至進入了歐洲市場，前景好得很。罵鐵廠的人，不僅有眼無珠，而且無心肝！』

儒雅的江督這兩句罵人的話，雖然粗陋，但他急切展示自己業績的表白中，却透露了一個重要的消息，那就是漢陽鐵廠不是鷄肋，而是肥肉。

『香帥，不怕您惱火，有人說，漢陽鐵廠是靠盛杏蓀的輪、電兩局護持的，没有輪、電兩局，鐵廠

早垮了。』袁世凱又適時拋出一顆探深淺的石子。

『胡說八道！』張之洞的火氣一下子就被撩起來了，他突然懷疑這話很可能是盛宣懷說的，是盛宣懷在打擊他而擡高自己！『沒有盛杏蓀的輪、電二局，老夫就不能辦好鐵廠了？豈有此理！慰庭，我跟你說句實話，鐵廠如今是比以前興旺了，興旺的原因不是盛杏蓀從輪、電二局拿出了二百萬兩銀子，而是因爲蘆漢鐵路的動工。老夫已做好準備向香港銀行借二百萬洋款，有了這筆洋款，鐵廠一樣地可達到今日的興旺。盛杏蓀找了老夫，自願拿出二百萬兩銀子，與老夫合作辦鐵廠。盛杏蓀是撿了大便宜。蘆漢鐵路建好後，還要建粵漢鐵路，粵漢鐵路建好後，老夫早就想到的川漢鐵路也可動工了。漢陽鐵廠，光生產國內的鐵軌，就至少可以高枕無憂二十年……』

張之洞被一股好勝之心所激動，滔滔不絕地說了一大篇。說到這裏，他突然意識到，自己方纔的話已出了軌。一則明明是盛宣懷爲自己解了難，反而說成是自己幫了盛宣懷。二是明明答應盛宣懷要在鐵廠一事上幫他說話，現在反而將鐵廠的前途虛誇得這樣美好，更吊起袁世凱的胃口，給盛宣懷幫了倒忙。張之洞爲自己的失言而不安，現在惟一的補救是不再講話了。他閉起兩眼，斜靠在藤椅上，一會兒工夫，便輕輕地打起鼾來。袁世凱見此情景頗爲奇怪，剛纔還神采飛揚，怎麼轉眼間便老頹如此？

侍立一旁的何巡捕也從未見過這種現象。他急中生智，對袁世凱說：『香帥近來身體一向不太好，昨夜爲修改一份摺子，又忙到三更天，想必是累了。卑職陪袁大人在西花園裏走一走，過會兒他醒來後再接着談。』

袁世凱會見張之洞的目的已經達到了，又親眼見到這位外間傳聞得不可一世的張香帥，其實已經是一個衰朽老翁，不可能成爲自己前進路上的障礙、競技場上的對手。袁世凱已沒有必要再跟他談什麼了，便站起來，輕輕地對何巡捕說：『香帥困了，不要驚動他，讓他好好睡一覺。我明天還要趕到上海，就先告辭了。』

第十九章 爆炸慘案

說罷，躡手躡脚地走出西花廳。

張之洞乾脆裝到底，也並不叫住他。晚上，何巡捕持了一封張之洞道歉的親筆函前來看望袁世凱。袁世凱看後淡淡一笑，置之一旁。

第二天，袁世凱來到上海，滿臉哀慼地在盛康的遺像前三鞠躬後，便胸有成竹地和盛宣懷談起輪、電二局的管理來。

袁世凱做出極大的誠意和真心關懷的姿態對盛宣懷說，許多人都在打輪、電二局的主意，若讓他們得手，今後便難收回。若讓北洋衙門來管理，一則此二局既爲北洋所發端，現交北洋管，名正言順，二則你爲北洋舊人，眼下衹是因守制暫不過問而已，三年後復出仍可繼續督辦北洋的洋務局廠。盛宣懷對此早有預料，便大談輪、電二局每年需要撥巨款維持漢陽鐵廠的經營，若北洋收回輪、電二局，則請連漢陽鐵廠一道拿去。不料袁世凱已知底細，未作絲毫猶豫便一口答應。這下反而弄得盛宣懷非常被動。

盛宣懷本是個機智過人的人，稍稍一愣便有了主意。他說，不管輪、電二局也好，漢陽鐵廠也好，實行的都是董事會制，這樣重大的事情，必須召開董事會，由董事會作決定。盛宣懷推出董事會來，一爲拖延，二來藉此作轉圜。

袁世凱在心裏冷笑一聲，嘴裏淡淡地說了一句：朱寶奎現正在直隸做洋務局總辦，要不要他回來和你商談董事會的開會日期。盛宣懷聽了這句話全身都涼了。他知道袁世凱已掌握了他的內幕，再不

交出，結局會更慘，遂咬緊牙關，忍痛將輪、電二局暫時讓給直隸，今後再尋機報仇。

盛宣懷寫信給張之洞，請張之洞務必爲他保住鐵廠。張之洞當然不願意袁世凱染指他的地盤，便函告袁世凱，鐵廠是湖廣的洋務，與北洋無關。袁世凱本不要鐵廠，回函説鐵廠祇能由香帥經營，北洋無權也無能管理。盛宣懷終於保住了這塊肥肉。

袁世凱與盛宣懷的交手，以袁的全勝而告終。但這祇是第一個回合。到了六年後袁世凱罷官回籍，盛宣懷藉機卷土重來，將輪、電二局奪了回去，他又勝利了。這些當然都是後話。

五　秦淮河畔，兩江總督與賣菜翁暢談六朝煙水氣

轉眼三個月期限已到，並未見有回湖督本任的諭旨下達。眼見從武昌帶來的銀錢所剩無幾，在江寧主管家政的環兒心裏着急。朝廷給官員的薪俸極低，一個一品大員的年薪也不够一百八十兩，靠正薪是根本不能過日子的，真正度日的銀子是養廉費。一品官員的年養廉費爲一萬兩。有了這筆錢，日常的開銷足可以打發，但也不能過得奢華。其實，幾乎所有的大小官員都用度奢華，他們的銀子從哪裏來？顯然不是靠朝廷所發的正常薪俸，而是另有渠道。除貪污受賄外，其渠道主要來自各種可由地方自行控制的收費，如火耗、折色等，各級官府從這裏抽出一部分來分肥。管軍隊的衙門則可以從軍餉中打主意，如截曠、扣建等。官場都這樣，便見怪不怪，祇要不貪污受賄，就是清官了。

湖廣總督的經費也有這條來路，但張之洞用這筆錢來廣招幕僚。湖督衙門的幕僚最盛時曾高達八十餘人，供應這個龐大的幕府需要一筆很大的經費，張之洞有時不得不從自己的養廉費中支出。除此之外，他還要常年接濟兩個哥哥留下的遺孤。因此，張府的銀錢一向並不寬裕。養廉費通常都要到次

年的正月纔發放，年關一天天地近了，無論江寧寓所還是武昌家中都存銀不多。這天夜裏，環兒對丈夫説：『還有十幾天就要過年了，銀錢不够怎麼辦？』

張之洞問：『還有多少銀子？』

環兒答：『所有散碎加在一起，還不到一百兩。』

張之洞緊鎖着兩道眉毛，想了很久，想不出一個辦法來。

環兒冷笑道：『你爲辦洋務，可以設法籌集幾百萬兩銀子，爲家裏籌集幾百兩銀子，你都想不出個辦法來。你這個一家之主怎麼當的！』

與珮玉不同，環兒仗着年輕漂亮，時常在張之洞面前説點不客氣的話，張之洞喜歡這個小妾，也並不生氣。

『你有什麼好辦法嗎？』

『這還不簡單。』環兒不屑地説，『你是堂堂的江督，不問江寧衙門要錢，已經是很清廉了，難道不可以向江寧藩司借點錢？』

『向江寧藩司借錢？』張之洞睜大了眼睛，『這個口怎麼開？』

『借錢怎麼不好開口，有借有還嘛，過年後開了養廉費再還給他們不就行了？』環兒説話一向伶牙俐齒。『你做總督的不好開口，我叫大根去借好了。』

『不能這樣！』張之洞斷然否定這個辦法。『你不知道，兩江有多少人想打我張某人的主意，祇是找不到藉口罷了。你若向江寧藩司借錢，他們立馬就會知道張某人缺錢用，主動送錢上門的人就會踏破門檻，到那時你怎麼辦？傳出去也不好聽。』

環兒反問：『那你說怎麽辦呢？年總得過呀！』

張之洞說：『你別着急，讓我來想辦法。』

張之洞躺在床上想了很久，終於有了一個主意。

第二天清早，他問環兒：『你說說，過個年需要多少銀子？』

環兒想了想，說：『緊打緊算，至少要八百兩。』

張之洞說：『到典當鋪去當八百兩如何？』

環兒笑道：『我們到江寧來是做客，本來就沒帶多少東西。你看看，家裏擺的用的就這些，能當得八百兩銀子嗎？』

張之洞說：『這你不管，你給我找出四隻空木箱來。』

從武昌帶來的木箱子有六口，現在大部分都是空的。環兒稍作調整後，便騰出了四口空空的大木箱來。她望着丈夫道：『你拿這四口空箱子去當？』

張之洞說：『你把大根叫來。』

大根很快進來了。

張之洞對大根說：『你到外面去撿些碎磚斷石來，每個箱子裏放半箱的磚石。』

大根大惑不解：『四叔，您這是做什麽？』

張之洞附着大根的耳朵，輕輕地說了一番，大根笑得咧開了嘴。

『你可不能對任何人說起喲！』張之洞叮嚀着。

大根笑着點頭：『您放心，我不會說的！』

第十九章　爆炸慘案

這天放晚，大根親自趕了一頭大騾車，車上放的正是這四口裝了磚石的木箱子，衹是每個箱子上多了一道蓋有兩江總督衙門關防紫花大印的封條，來到白下街一家名叫興發的當鋪前。賬房先生忙迎上來。

大根一副神氣十足的派頭，從車上跳下，對賬房說：『你是老闆嗎？』

『鄙人是賬房。要當東西，找我就行了，不需要找老闆。』

大根白了一眼賬房，大大咧咧地說：『你知道大爺我是誰嗎？我是兩江總督衙門上房管家，總督夫人急着要點銀子用，一時手頭短缺，拿出四口箱子來抵押，向你們典當點。你們老闆不親自接待行嗎？』

賬房聽說是兩江總督衙門來的，早就神情緊張，起身忙說：『大爺稍等，我馬上去叫老闆。』

一會兒，一個肥肥胖胖的中年人急忙走出來，對着大根點頭哈腰，滿臉堆笑：『小人是興發鋪的老闆，怠慢了，怠慢了，請大爺進屋喝茶抽煙。』

大根挺起胸膛命令道：『叫兩個人來，將這幾口箱子擡進屋，要仔細點，碰壞了，你們賠不起的！』

『是，是！』

老闆陪着大根進了屋，立時便有人上茶敬煙壺。

大根蹺起二郎腿，將煙壺擱在茶几上，先喝起茶來。

興發典當鋪開了二十來年，還從來沒有正經官員在這裏當過東西，現在居然招來了個兩江總督，這個主顧可了不得！今後什麽時候說起來，都是興發鋪的光榮。把這個事兒傳揚傳揚，鋪裏的生意豈

不大大地興旺發達？

老闆想到這裏，心裏十分高興，客氣地說：『請問大爺，這箱子裏裝的是什麽？』

大根瞪了一眼：『夫人裝的，我怎麽敢問！咱們家老爺素愛古董，八成可能是前人的寶貝兒。』

許多做大官的都有好古董的脾氣，瞧這箱子重的，不是青銅，便是細瓷。但老闆生性精細，怕上當，又試探着說：『大爺，凡來鋪子裏當的，我們都得看看，也好估個價呀！』

大根没好氣地說：『要你們估什麽價，這些東西又不賣，衹是做個抵押而已。你看看這封條，總督關防嚴嚴實實地蓋着，你能啓封嗎？』

老闆細細地看了看封條，果然清清晰晰地蓋着三寸多長一寸多寬的紫花大印，老闆見過蓋着這種印信的文告，相信了。

『那麽，請問大爺，這四口箱子要當多少銀子？』

『不多，八百兩就够了。』

老闆心裏大大地鬆了一口氣：原以爲四口裝着古董的大木箱，要當幾千上萬兩銀子，不料衹這麽一點。老闆高聲對賬房說：『取八百兩紋銀來給這位大爺。』

賬房捧了銀子過來，大根接過。賬房彎着腰說：『大爺既是總督衙門的，想必有進出的腰牌，請給小人看看，以便登記造册。』

『你是不相信你大爺，好吧，你拿去看看吧！』

大根從腰帶上取下一塊小銅片來，賬房雙手接過，翻來覆去地看了看後，又雙手奉還，連連說：『這是小鋪的規矩，請大爺包涵包涵。』

大根也不去管他，提起銀包上了車。

正要吆喝騾子時，他記起了張之洞的叮囑，忙把老闆叫過來，板起臉說：『這事你不要對任何人說起，要不了十天半個月，我會將本息一起還給你的。』

『是，是！』

老闆忙不迭地答應。

有了這八百兩銀子，環兒不再爲在江寧過年發愁了。

這天午休時，梁鼎芬到西花園散步，看見張之洞在石舫甲板上曬太陽，便走了過來，說：『香帥，我昨天去了趟鍾山書院，蒯光典告訴我，張幼樵已在上月底過世了，靈柩也在前幾天運往他的老家豐潤去了。據說身後蕭條，除幾箱文稿外，別無長物，李家也没有人來。』

『幼樵過世了？』張之洞大爲喫驚。『他比我小十一歲，今年纔不過五十六歲，怎麽就會過世了？』

『聽蒯光典講，這幾年幼樵心情抑鬱，一天到晚以酒澆愁。前年李少荃過世後，他更覺起復無望，從那以後愈加消沈厭世。憂愁是傷人的祖師，他哪裏經得起這多年的折磨。唉，可惜呀，一代才子便這樣無聲無息地了結了。』

張之洞的心裏也不好受，沈默片刻後說：『幼樵病重時，張家也不給我一個信，讓我最後見他一面，說幾句話也好呀！』

梁鼎芬說：『我也這樣對蒯光典說起過。蒯光典講，上個月中，他和鍾山書院幾個教習去看他，問他要不要香帥來見見面。幼樵說，他是個大紅大紫、飛黃騰達的人，我是待罪之身，不要牽連他。』

張之洞聽了這話，心口陡然堵塞似的悶得難受，長長地嘆了一口氣説：『幼樵到死都在記恨我！』

是的，也不能怪張佩綸記恨。上次，張之洞在江寧城做了近兩年的署理江督，對住在同一城的張佩綸不聞不問，衹在離開江寧前函邀他與陳寶琛一道遊焦山。難怪張、陳均不接受這個邀請，也難怪張佩綸至死不願與張之洞見面。從張佩綸那邊來看，張之洞的確是一個衹顧仕途而薄於友情的俗吏。然而，從張之洞這邊來看，他也有瞧不起張佩綸的充足理由：紙上談兵時慷慨激昂頭頭是道，一到戰場便手足失措，貪生怕死；當年罵李鴻章時，何等理直氣壯、正義凜然，誰知轉眼之間，又做了李府的入贅女婿，這與賣身投靠有什麼區别！

就這樣，二十年前，輝耀京師臺諫的清流雙子星座，到了晚年，一人地位顯赫，一人聲名狼藉，而在感情上，却彼此都嫌隙甚深，雖近在咫尺，却老死不相往來。中國是一個講究朋友交誼的國度，五千年的中國史册上，記載了數不清的朋友之間形形色色的故事。晚清二張，可謂朋友掌故中的又一趣談。

然而，今天，在聽到張佩綸英年去世身後落寞的時候，一股濃重的傷感與懷念相交織，立時將十來年來的疏離給彌縫了。他對梁鼎芬説：『明天一早，你陪着我再帶上湯生，我們三個人去看看幼樵在江寧的寓所。在生時我没有去看幼樵，他心裏恨我；死後，我去憑弔憑弔他的舊居，希望他的在天之靈能稍得慰藉。』

第十九章　爆炸慘案

第二天一早，張之洞乘了一頂普通小轎，梁鼎芬、辜鴻銘隨轎步行，三人離開總督衙門，向城南方向走去。張佩綸卜居江寧城的寓所原先在紫金山脚下，後又遷到武定門外，離督署有十多里路。一個多小時後，他們來到夫子廟旁的秦淮河畔。今天是個冬日的好天氣，陽光温暖，蕙風和暢，坐在小轎裏的張之洞看着簾外一派生機勃勃的景象，早已耐不住了。他拍了拍轎杠，吩咐停轎，走出轎門後，對轎夫説：『你們先走，在武定門洞裏等我，我和節庵、湯生慢慢走，隨後就來。』

辜鴻銘高興地説：『隔着轎簾説話費勁，我巴不得香帥早點下轎了。』

張之洞四面看了看，對梁、辜説：『我們順着秦淮河往南走吧！』

張之洞一身布帽棉袍，走在鬧市中，猶如老塾師，好比鄰家翁，没有絲毫特别處，自然也不會引起周圍的格外注意。明媚宜人的冬陽，熙熙攘攘的人流，帶給署理江督一份好心情。

他指着身邊小河，對辜鴻銘説：『這就是胭脂花粉秦淮河了。前人説江南佳麗地，這裏便是佳麗集中之處。你聞到花粉香氣了嗎？』

辜鴻銘從書本中得到的秦淮河印象，是兩岸秦樓楚館酒簾高挑，河中流着花瓣殘酒，浮着畫舫笙歌，但此刻走在秦淮河畔，滿目盡是破樓舊屋，河邊觸目所見的皆是流黑汗的船夫、洗衣服的老媽子，不覺胃口大跌。他頗爲失望地説：『哪裏有花粉香，我倒是聞到汗臭了。』

梁鼎芬笑道：『湯生，你有没有看過説部《薛丁山征西》？』

『没看過。』辜鴻銘搖搖頭。

張之洞也不明白，説得好好的秦淮河，怎麽又扯到薛丁山身上去了？

『野史上的薛丁山是西凉國王薛平貴的兒子。他的太太，白天是醜婦，夜晚是美女。這秦淮河就好比薛丁山的太太，胭脂花粉香是要夜晚纔聞得到的。』

這個新奇的比喻引得大家一陣好笑。

見總督高興，梁鼎芬興致更高。他大聲説：『江寧乃六朝古都，龍盤虎踞之地，歷來騷人墨客吟

咏甚多，光這條秦淮河就不知寫進了多少詩詞歌賦中。我建議，我們每人背誦一首前人寫江寧的詩，因爲太多了，得有限制：一爲唐人七絶，二詩中要有秦淮河。』

『好哇！』張之洞欣然贊同。

『我先背！』辜鴻銘腦子裏立即浮出一首極有名的詩來，他生怕別人搶先背了。『杜牧詩曰：煙籠寒水月籠沙，夜泊秦淮近酒家。商女不知亡國恨，隔江猶唱後庭花！怎麽樣，既是唐人的七絶，又有秦淮河。』

張之洞笑道：『讓湯生揀了個便宜去了。』

梁鼎芬説：『聽我的。劉禹錫詩曰：山圍故國周遭在，潮打空城寂寞回。淮水東邊舊時月，夜深還過女墻來。』

『没有秦淮河！』梁鼎芬剛一背完，辜鴻銘便叫了起來。

『怎麽没有？』梁鼎芬急道，『淮水就是秦淮河。』

『是這樣嗎？』辜鴻銘問張之洞。

張之洞説：『節庵説的不錯。這條河原本叫淮水，秦始皇東巡會稽，路過江寧，命人鑿山砌石，引淮水北流。新鑿的這條河渠稱之爲秦淮河。久而久之，整個淮水都被叫做秦淮河了。』

梁鼎芬説：『湯生，你得感謝我，由這首詩讓你又增加一段學問。』

辜鴻銘説：『香帥你也背一首。』

『這容易。』張之洞隨口背道：『也是劉禹錫的詩：朱雀橋邊野草花，烏衣巷口夕陽斜。舊時王謝堂前燕，飛入尋常百姓家。』

辜鴻銘笑道：『香帥，不怕你見怪，你背的這首詩再怎麽解釋也找不出個秦淮河來！』

梁鼎芬説：『湯生，你真正的孤陋寡聞。香帥背的這首劉禹錫的詩，句句關切秦淮河。朱雀橋，乃古時秦淮河上最熱鬧的一座橋，烏衣巷乃東晉時秦淮河邊第一富豪之處。後面説的也是秦淮河，你想想，那些燕子認慣了烏衣巷，一時找不到王謝兩家，也衹在附近人家築巢安居，還是在秦淮河邊嘛！』

辜鴻銘瞪眼看着梁鼎芬，又服氣又不服氣，但也找不出反駁的話來。張之洞見他這副神態，禁不住哈哈大笑起來，拍着辜鴻銘的肩膀説：『湯生，你知不知道，我們三個人剛纔的言談，不知不覺地走進了一種氣氛中。古人對這種氣氛有個很富有詩意的説法，叫做六朝煙水氣。』

『六朝煙水氣？』辜鴻銘瞪圓兩隻灰藍色大眼睛，兩隻肩膀朝上聳了聳。『這五個字美極了。可惜，我不明白！』

『節庵，你給他解釋解釋。』

這種學問本是兩湖書院山長的看家本領，遂侃侃而談：『江寧乃吳、東晉、宋、齊、梁、陳六個朝代的都城，當然，明代朱元璋父子祖孫也在此地做過幾十年的皇帝，但那是以後的事，唐宋時的文人通常都把江寧稱爲六朝古都。江寧富庶繁華，文風興盛，詩酒歌舞，香艷風流。此外，江寧城得江山之形勝，雄偉壯闊，以一城而納江河湖泊山巒田舍，海内罕有其匹。歷代名勝古跡甚多，可謂每處山水每座樓臺，都有一段引人入勝的故事。更因六朝從首到尾不過二百多年，這二百多年之間更替六個朝代，數十位帝王。這種變化不定的政局，最易引起文人墨客的世事滄桑、弔古傷時之感。韋莊的一首《臺城》最是道盡了此種消息。依我看，這香艷、幽思、傷懷等種種情調，如煙如雲如霧如水般

地籠罩在江寧城，這種氣氛便是六朝煙水氣。』

辜鴻銘聽得心旌搖動，如醉如癡，喜道：『節庵，要説你的中國學問，許多人都稱讚，但我一向不大佩服。今天，你説的這段六朝煙水氣，我倒真是服了。』

梁鼎芬笑道：『你這個狂妄的辜湯生，我梁某人的學問，你佩服不佩服，我也不在乎。你不要以爲今天服了我的這番話，我就臉上有光了！』

辜鴻銘也並不以梁鼎芬的譏諷而在意，倒是真爲自己今天增加了學問而高興。

張之洞説：『湯生，江寧的這種六朝煙水氣在文人身上隨處可見。自然不在話下，就連挑水賣菜這些做粗事的愚民身上都有着。』

『挑水賣菜的人身上都有六朝煙水氣，我不相信。』辜鴻銘滿臉疑惑地望着張之洞，又望了望梁鼎芬，見他們都哈哈地笑着，便説，『你們在逗我！』

童心未泯的混血兒的天真，激發了張之洞的情趣。他説：『不信？我們試試看！』

辜鴻銘忙説：『我去問。』

他四處張望着，恰好見一個人挑了一擔水，從碼頭邊走過來，忙急步走過去，將那人上上下下仔細打量一番。但見那人衣衫破爛，滿面菜色，大冷的天氣，打着一雙赤脚，兩隻脚凍得紅紅的。辜鴻銘心想：『此人這副模樣，與香艷、幽思、傷懷的六朝煙水氣相差豈止十萬八千里！』

辜鴻銘正盯得出神時，挑水漢破口罵道：『你這個遭瘟疫的，攔着我的路。你找死呀！』

辜鴻銘不知該用什麽話來回答。衹見那漢子擡起頭來看了他一眼，先是愣了一下，接着又没好氣地説：『原來是個洋鬼子，觸楣頭了。』

那漢子不再叫辜鴻銘讓路，挑了滿滿一擔水快步從他身邊走過。

辜鴻銘老大不快，衝着趕來的梁鼎芬説：『這哪裏是六朝煙水氣，這簡直是兇神惡煞氣！』

梁鼎芬快樂地笑道：『誰叫你長這副模樣，他把你當洋人看了，讓我去試一試。』

梁鼎芬發現前面有一個賣水菓的小夥子正在吆喝着，兜售着他攤子上的橘、柚和江寧特産——青皮紅心水蘿蔔。梁鼎芬走過去，小夥子忙笑臉迎道：『老爺，買橘子柚子吧！』

梁鼎芬説：『橘子等下買，我先問問你，你家住在秦淮河邊嗎？』

小夥子答：『是的，我今年十八歲了，從生下來起，一天也没離開過秦淮河。』

梁鼎芬滿意地點點頭：『那你該知道，秦淮河有個桃葉渡了。』

『知道，知道。離我家衹有二三里地，那塊比這塊還熱鬧。』

『你知道桃葉渡的來歷嗎？』

『不知道。』小夥子一臉茫然。

『王令風流舊有聲，千年古渡襲佳名。這詩你聽説過嗎？』

『没有聽過。』小夥子摇了摇頭。

梁鼎芬不灰心，又問：『秦淮河口有個名叫白鷺洲的地方，你知道嗎？』

『知道。』小夥子歡快地説，『我還到洲上拾過鳥蛋哩。』

『唐代大詩人李白有首詩寫的就是這個白鷺洲：三山半落青天外，二水中分白鷺洲。你知道嗎？』

『李白是哪個？』

李白都不知道，兩湖書院山長甚是氣沮。他不想再問下去了，正要走時，不料小夥子却主動説起詩

來：『老爺，我没有發過蒙，不懂詩，不過我昨天倒是聽人説過兩句詩來。』

小夥子也説詩了！梁鼎芬立刻高興起來，拍着身旁辜鴻銘的背説：『怎麽樣，没有發過蒙的賣菜子小販都可以説詩，這還不是六朝煙水氣嗎？』

辜鴻銘也來了神，興奮地説：『且聽他説的什麽詩？』

小夥子説：『昨天兩個相公來我這塊買橘子。一個説，寧飲建業水，不食武昌魚。另一個説，對呀，咱們江寧的水比武昌的魚都好，怪不得張制臺賴在我們江寧不回武昌。』

辜鴻銘望了望張之洞，不覺笑了起來。

張之洞拉了拉梁鼎芬的衣角：『走，我纔不想賴在他們江寧哩，我天天都想回武昌去。』

三人走了十多步遠，還聽見小夥子在高聲喊：『你還没買我的橘子哩！』

正走着，迎面一個六十來歲的老頭子挑了一擔白菜、胡蘿蔔，慢悠悠地向他們走來。

張之洞指着這人對辜鴻銘説：『別地方的賣菜翁挑擔子都是急急忙忙的，你看他悠悠閒閒，踱着方步。這人身上必可尋到六朝煙水氣，讓我來跟他聊一聊。』

『老人家，你這菜好鮮嫩呀！』張之洞笑着與賣菜翁打着招呼。

賣東西的人，你説他東西好，就好比在女人面前恭維她長得漂亮似的，立時可博得她的好感。果然，老頭子放下擔子，高興地説：『你這人好眼力，我這菜都是今早上纔出菜園子的，白菜碧青，胡蘿蔔生脆。我這菜挑到集上，不到半個時辰就會被人搶光。』

是個好説大話的爽快人！張之洞心想，又説：『老人家，你住的這秦淮河可真是好地方呵！』

『可不是嗎！』賣菜翁心情甚好。『這是塊真正的風水寶地，要不，前代那些人怎會拚死拚活地來

第十九章 爆炸慘案

争鬥。我們江寧城，可是出了好多個天子的地面呀！』

張之洞得意地望了望辜鴻銘，眼神裏似乎在説，你看，一開口便是六朝風味了！

又轉過臉來望着賣菜翁：『聽説，秦淮河邊有座媚香樓，前明留下來的大院落，怎麽找不到了呢？』

這一下，賣菜翁的興頭更大了。他索性放下擔子，從肩上取下長長的扁擔，將它豎立在脚邊，一手扶着，猶如武士仗着長矛似的。

『客官，看來你也是個尋艷買歡的人。實不相瞞，老漢我年輕時最愛的就是這檔子事。』

辜鴻銘笑着望了望張之洞，心裏説，好個張香帥，你這下成了賣菜翁眼中的嫖客了。

張之洞心中雖不快，却也不好壞了這老頭子的興頭，衹得不做聲，繼續聽他説。

『要説那媚香樓，可真正是個好去處，那裏美女成群，香氣撲鼻，日日笙歌，夜夜燈火。老漢我年輕時家裏有錢，不愛讀書，就愛這脂粉女人。讀了十年的「四書」「五經」，連個秀才也没考上，却把家裏的銀子都送給那些婊子了。直到咸豐二年，媚香樓前還是車水馬龍的。第二年鬧長毛，先是一把火把媚香樓燒了，接着便是十多年的禁止妓院青樓，江寧的温柔鄉元氣大傷。這不，長毛平定三十多年了，元氣還未恢復過來，媚香樓喊了二十多年，也還没恢復。唉，老漢真爲時下這些有錢的哥兒們叫屈呀。客官你看，他們腰裏纏着的銀子，想找個好花銷的地方都没有呀！』

看來，這個賣菜翁要没完没了地説下去了，張之洞哪有心思聽他對昔日尋花問柳歲月的追懷，忙抱個拳，拉着梁、辜告辭了。

走了幾步，張之洞笑着對辜鴻銘説：『怎麽樣，節庵説的香艷、幽思、傷懷，一樣不少，十足的

六朝煙水氣。前人說的不假吧？』

辜鴻銘說：『六朝煙水氣不假，可賣菜翁是個假的。』

梁鼎芬說：『明明挑的一擔子菜，怎麽是個假的？』

辜鴻銘說：『你没聽他說讀了十年的書嗎！他是個落魄的讀書人，中年以後纔做灌園叟，還不假嗎？』

張之洞笑着說：『不要爭了，管他是假是真，你若不在江寧城，到任何一個地方都不會遇到如此賣菜人的。咱們不能多停留了，轎夫怕是在武定門洞等急了。』

到了武定門，坐上轎，出城門兩三里，便看到張佩綸生前最後住過的幾間房屋了。這是一個極普通的民居：一圈疏稀竹籬裏圍着四五間大小青瓦屋，前院有幾畦菜土，後院有幾個小鷄舍。房子都鎖着，還没有搬進新的主人。張之洞等人透過窗户，可以看到裏面還擺着一些陳舊的傢具和厨房裏的閒鍋冷竈。這裏没有一絲人氣，也不見一隻鷄鴨，菜土上殘留的幾株剩葱斷韭也已枯黄憔悴，一切都是人去樓空、生機消失的冷寂荒蕪之態，剛纔在秦淮河畔訪談六朝煙水氣的心緒已蕩然無存。想起張佩綸少年得志時的倜儻瀟灑，想起他那些剛勁尖利擲地作金石聲的奏章，想起二十多年前京師清流聚會的熱鬧場合，想起自己和張佩綸當年意氣相投的忘年之交，張之洞心中百感交集，一股强烈的憐憫之心佔據整個胸腔，他對自己兩度署理江督而未訪故人深感愧疚：即便張佩綸有千差萬錯，畢竟當年曾是摯友呀，可以責他罵他，但不可不見他；弢庵的指責或許是對的，心靈深處還是怕他牽累了自己呀！

他叫轎夫在附近買來幾沓紙錢，一束綫香，就在前院焚紙燃香，望空作揖，算是爲故友送行。

第十九章　爆炸慘案

坐在回衙門的轎子裏，張之洞爲此行吟了兩首七絕：

北望鄉關海氣昏，大招何日入修門。
殯宫春盡棠梨謝，華屋山丘總淚痕。

廿年奇氣伏菰蘆，虎豹當關氣勢粗。
知有衛公精爽在，可能示夢儆令狐。

過兩天，一道諭旨下到江寧：調雲貴總督魏光燾任兩江總督，着張之洞進京陛見，主持己卯經濟特科。

張之洞對大根說：『我們還是回武昌過年吧，今夜你去把那幾口箱子贖回來。』

夜裏，大根帶上贖金，依舊神氣十足地從興發典當鋪裏取回箱子。來到一個偏僻之處拆開封條，將那些斷磚碎石全部倒掉，然後把四口空木箱還給環兒。

過了元宵節後，張之洞急匆匆地踏着冰雪啓程北上。離開京師整整二十一年了，他是多麽渴望再見一見太后，會一會老友，重温昔日那種縱論時局、激濁揚清的清流歲月啊！可惜，時過境遷，一切都變了！